博物馆

李达伟 著

山西出版传媒集团　北岳文艺出版社
·太原·

图书在版编目（CIP）数据

博物馆 / 李达伟著 . —太原：北岳文艺出版社，2024.6
 ISBN 978-7-5378-6863-1

Ⅰ.①博… Ⅱ.①李… Ⅲ.①散文集—中国—当代 Ⅳ.①I267

中国国家版本馆 CIP 数据核字（2024）第 099902 号

博物馆

李达伟 / 著

//

出品人 郭文礼	出版发行：山西出版传媒集团·北岳文艺出版社 地址：山西省太原市并州南路 57 号
选题策划 刘文飞	邮编：030012 电话：0351-5628696（发行部）　0351-5628688（总编室）
责任编辑 左树涛	传真：0351-5628680 经销商：新华书店
助理编辑 殷欣如	印刷装订：山西新华印业有限公司 开本：787mm×1092mm　1/32 字数：164 千
装帧设计 张永文	印张：9 版次：2024 年 6 月第 1 版
印装监制 郭　勇	印次：2024 年 6 月山西第 1 次印刷 书号：ISBN 978-7-5378-6863-1 定价：59.80 元

本书版权为本社独家所有，未经本社同意不得转载、摘编或复制

《博物馆》读札（代序）

耿占春

读完了李达伟新作《博物馆》，跟随他的叙述出入各种博物馆或类似博物馆的场所。他让人意识到，博物馆不仅属于文化古董，也是一种特别现代的社会场景，我们的生活或多或少或在某些时刻都与之有关，就像达伟在这部著作中所描述的各种相遇。作为一位散文家的作品，《博物馆》是散文还是小说？

说《博物馆》是系列散文，理由似乎很确然。这是一部以博物馆为主题的散文集，达伟描述了大理州及云南一些地方的博物馆或"准博物馆"。从他的叙述中可以辨认出诸如大理白族自治州博物馆、床单厂改建的摄影博物馆、电影博物馆、沙溪先锋书店、腾冲的滇西抗战纪念馆，还有不可尽数的民间收藏馆和地方博物馆……在达伟笔下，博物馆是集体记忆的载体也是个人思想兴发的场所。

何以达伟选择了这一主题，或许正在于现代社会是一个被普遍遗忘的世界，与之同时又是一个博物馆化的世界。古城里有各种民间收藏馆或博物馆，如甲马雕版收藏馆、造型各异的石狮子博物馆、奇异的面具收藏馆……从最直观的动机看，达伟说："我们看到的是主人对旧物的迷恋，以及收集旧物的热情。"在达伟的想象中，收集旧物迷恋过去的人应该是"一个近乎有些疯狂和偏执的人"。

恰如散文或随笔给了作家话语自由，达伟在对博物馆和文物的描写中有许多论述，以便直接传达作家的思索。达伟写道："物的作用在减弱，物的象征意义同样已经消失，物只能以另外的方式存在于特殊的空间，就像存在于博物馆。"我们看到的那些面具脱离了巫师、仪式和原始社群，雕版印刷被激光照排取代，石狮子不再具有神秘的威力，物的使用价值在消失，制造它们的技艺已经失传或即将失传。在达伟看来，文物传递着一种关于美的教诲，似乎文物会解答，过去时代的人们何以能够在贫瘠的生活中萌发出美感和美的技艺。

达伟关于考古、文物和博物馆的论述，触及一个已经消失的生活世界。它让"我们说不清楚是否会对过往的关于世界的某些认识产生几分怀念"，那是一个与现在不同的"尚未祛魅之时"的世界，人们普遍持有对自然或神灵的敬畏。因此，达伟意识到，是否在"进入某座博物馆时，我们实际上进行着的是挽歌式的重返与追忆"。

在达伟看来，美感属于时间的馈赠，我们面对着凝固在器物上的过往时间，面对饱含集体记忆的旧物，它们的存在如一些诡异的面具，或许"根本就不是为了所谓的美感，它们的存在就是怪异与丑陋的一部分"。在博物馆，我们面对的是一个已逝的世界，它是一个异己的、他者的世界。

人对过去的器物和博物馆的情感体验是复杂的。达伟描述一个女子对摆满了古旧的甲马及其他古旧物件的甲马博物馆的感受，"她想从那个世界里赶紧逃出去，她无法想象会有人愿意在那样的房间睡上一晚。她觉得自己在那个房间睡上一晚的话，必然会产生梦魇。"达伟说，他"同样无法理解有人可以在鬼魅幽深的世界里住上一晚。"

那个异于我们的世界秩序已消逝，文物原先的事物秩序也随之破碎。"我进入的那座博物馆完全是无序的，只是把相近的东西摆放在同一个角落。很多甲马堆积在一起，相互覆盖。在那种无序中重新寻找秩序是一个很艰难，也是需要极大耐心的过程。"大多非专业的文物陈列的方式是同类题材、同类项的堆积，在最专业的情形下，它们会呈现出一种间断的时间与历史的序列。

我们在达伟的书中看到，在各种民间博物馆之外，还有正式以博物馆命名的场所，其间摆放着旧时代的礼器、生活和劳作的器物，摆满了雕塑、石碑、饰物、手稿……博物馆的存在价值是明晰的，也是晦涩的，而晦涩也承载着意义。博物馆是废弃物的收藏，而博物馆往往选择了被废弃的场所。"那个空落废弃的空间，早晚会被人发现，有类似的空间被重新想起并被艺术填充。你猛然意识到，那里确实就是艺术的荒漠，没有任何艺术气息。如果废弃也是一种艺术的话，那里就只剩艺术。"博物馆不仅起源于收藏的癖好，也源于空间的重新发现。在一个曾经的床单厂，建了一个小型的摄影博物馆；一个曾经的粮管所，改造成一座电影博物馆。而事实上，"床单厂"和"粮管所"已经标志着一段消失的历史，或许它们的遗存本身就可以成为一座主题性的博物馆。博物馆本身似乎也是一种新的遮蔽。

在达伟看来，这个世界早已"失去记忆的能力"，博物馆这个空间的存在"就是为了让人铭刻记忆"。但作家的疑问在于："一个被夺去生命与自由的人，一个民族的命运，能被这么一个灰色的空间贮藏吗？这个空间的存在，似乎又表明了个人命运与群体命运在特殊时代的同一性。"由此，达伟的目光不断转向那些被废弃的空间，被遗忘的或边缘化的地方：古老的村落，废弃的工厂，挖掘后的矿坑，密林间的野生菌子，损坏严重的石窟，雪山小镇不为人知的古庙里色彩剥落的壁画，那些无名画师的精美作品。

对达伟来说，博物馆是一个物质性的隐喻符号。他在这里思索着物件、空间与场所的意义。博物馆里的面具似乎受到了更多的瞩目，"这是某些民间傩戏的面具，它们表情怪异，面色凝重，两眼突出，色调以黑为主。我希望自己在面对它们时，能把那些强烈的宗教意味放在一边。这样一来，就只剩下它们的美学意味了。"一座佛像，在庙里它是信仰的符号，然而移入博物馆，它就丧失了宗教意味，从信仰场所转移到非遗空间，从被膜拜的对象转变为被观看的对象，变成了美感与艺术。艺术，似乎就是所有无用之物的昵称。

达伟对考古发掘现场的描述更具有博物馆的意义：随着发掘，人们从一个植被葳蕤的当下世界转入尘土瓦砾的荒凉时代，然而，一个古代城址渐渐出现在他们的眼前。博物馆和文物隔断了它们与周围自然环境的依存关系。考古现场与自然之间被破坏的联系与被修复的文物，都构成了达伟叙述的一部分，构成了广义上的博物馆。博物馆是一种看待生活世界的眼光，是一种场所与事物逐步变异的意识。考古现场和博物馆都是时间堆积的地方，在这里，时间的堆积转化为美的沉淀，构建了人与器物、人与技艺之间的"情感依存"。

对达伟来说，一切都可能进入自然或历史博物馆，一切都在流逝之中,"旧物"只是时间长短而已,当时间流逝加速,一切都在迅速地"博物馆化"。我们在博物馆看到的文物,那些实用器物似乎就是艺术的起源。它通过技艺将美的冲动融入器物的使用价值,但那岂不是意味着当代艺术的一个缺陷就是一开始就属于无用之物?在达伟看来,艺术是现代人易于得到,也是最易于丧失的。

博物馆是一种人类各种价值观念的转换器,它生成美学。在达伟的体验里,博物馆似乎拥有隐秘的心理抚慰作用。这个场所和藏品所呈现的时间与永恒、实用与美、器物与艺术、理念与技艺,不知以何种方式对每个发掘者、收藏者和参观者具有精神修复作用。达伟说:"我会沉浸于那些物件所释放出来的恒久的美感。美的东西,总是会在不同的时间和空间,以不同的方式抚慰自己。"与叙述人同时出现在各种博物馆的女儿,所受到的即是美的启蒙。

达伟的《博物馆》亦在生成一种美学。一切被遗忘的、被废弃的和异己之物都在生成艺术,对抗着时间流逝。美与永恒,就成为达伟这部著作中的一个核心理念。"在那个空间里,同样可以去宗教化,让塑像回归纯粹的艺术,让雕塑家回归到纯粹的艺术家。"但在将其视为纯粹的艺术时,达伟并没有忘记一个隐没的伦理主题或生活主题:"我们已经分不清那些塑像上的眼神与微笑,无法准确区分曾经流过的泪水与曾经释怀的微笑。它们的神态凝固起来，不是严肃，而是各种神色的混杂与多义。"达伟关于博物馆的写作或许正在于让已凝固的形象、已干涸的泪水重新流动起来。它是文物与发掘者、收藏者、管理者和观赏者之间一种情感依存的恢复，一次重返创造时刻的美学尝试。

对达伟来说，《博物馆》的美感生成意味着事物秩序的重建。在此，他所描述的艺术主题与生命主题汇合了：它们呈现为"惩罚与受难"，雕像受到的粗暴破坏意味着"艺术在受难"，而惩罚是对"我们此刻出现在它们面前的惩罚"；与之相关的是"痛苦与狂喜"："为艺术的不完整而痛苦，为艺术的永恒之光而狂喜。"由此，达伟对艺术主题的描述契合了一种生命体验，"痛苦和狂喜开始变得怪异，痛苦被减损，狂喜也在简化，一切又似乎平静了下来"。最终，作家表达了对美的惊叹，惊叹纯净的稀缺与不可思议的艺术之美，以及生活的平庸。

正如博物馆是一个关于收藏的概念，达伟的《博物馆》亦有收藏的含义。他通过相当数量的引文对自己心仪的著作进行了个人"收藏"，某个作家的札记，也被他视为一种类似于收藏的行为。凡此种种，都将达伟的《博物馆》推向散文的界域。但事实上是，《博物馆》的写作又是一次文体越界的实践，一如他上一部著作《苍山》。

说《博物馆》是长篇小说似乎也有充分的依据,达伟不仅描述了博物馆或对特定的空间进行了哲学意义上的阐述,还讲述了那些与博物馆相关的人们的生活与故事。刚离异不久的考古队员,他需要野外考古来修复分裂的身心;远离家乡孤单的修复文物的老人,"每天都要面对着破碎和有瑕疵的物,他成了一个忧伤的完美主义者";一生都在图书馆度过的管理员,而不知其所踪……还有曾在雪邦山下教书的青年诗人;隐居于半山的作曲家;耄耋之年仍然在写作的患帕金森症的作家;从北京辞职回到雪邦山下村子里的福东,不知是火塘边家人围坐饮酒的时刻,还是雪邦山的美吸引他返回故乡……这些人的生活不是直接与博物馆有关,而是与活着的艺术动机、一种不可能完成的艺术渴望有关……就像那位乡村美术教师描绘自然之美"也是在自我治愈,他需要很多美的东西来填补内心的虚空"。在《博物馆》里,到处都有不确定的生活叙事,只是作家没有去构建他们生活中的戏剧性时刻,叙述人与诸多人物仅有片段的交集。

碎片化的存在和努力修复生活——文物的意图、渴望呈现生命的完整性,既是博物馆的特质又是个体生命的属性。"碎片""破裂"和"修复"在《博物馆》里具有双重意味。在作家讲述的诸多人物中,唯有"与我同行的考古学者"是一位完美的学者。他的工作和生命是合一而非分裂的,但"他常常梦见自己是一块古代的瓷片，一块破损的瓷片，一块一直在寻找完整生命的瓷片。他总觉得这样的梦类似神启。在那之后，他真的挖掘出了一块破损的瓷片，并且成功找到了另外一半。这只是他成为现实的梦之一，他还做过其他各种各样千奇百怪的梦"。

达伟所讲述的一位小说家，似乎是另一种生活在梦境中、另一种意义上的考古学者。因为，她眼里的山脉、村落与河流，就是一部尚未书写的民族志，一个族群的现实存在就是一座历史博物馆。"在苍山中的某个彝族村落里，人们供奉的是蜘蛛。在他们的传说中，那个村落的人在战乱年代遭人追杀，大家躲在洞中，是蜘蛛在极短的时间内在洞口织上网，给那些追杀他们的人制造了一种不曾有人来过的错觉，才得以逃脱。那些人因感恩而开始供奉蜘蛛，蜘蛛成了他们的图腾"。小说家在热带丛林获得了过于芜杂的灵感。置身热带丛林，一切诡异的事情都有可能，就像置身图书馆谈论那些理想主义一样，"在热带丛林中，传说有一些人家会在厨房里养鬼"，这些传说比博物馆里的说明书和解释性文字要更加离奇，却并非不可思议，博物馆里的文物呈现的他者性在热带河谷变成了活着的神话。博物馆的他者性被热带丛林里的小说家放大了，与蜘蛛、鳄鱼、蛇和蜥蜴这些生命很相似，"它们天然就给人一种不可接触感"。小说家纠结于热带河谷里夜蛾的消失。她要写作一部《鬼蛾》来表达生活的世界的他者性,"小说家要制造一个空间,用来安放那些鬼蛾的空间……鬼蛾成了一种临界式的生命,它可以轻松往返于生与死两个世界"。

孤独的巫师曾经也是这样一种"临界式的生命",往返于生与死之间,但他已衰老到不能跟人谈话,从不愿意回顾往事的地步。仪式已丧失,那个相信巫术的社群也已消逝。一切都是器物的碎片和话语的碎片。修复完整的文物依旧是曾经存在过的完整世界的一个符号。"那个老人是最后的祭师,这是他们跟我们说的。物回归为物,人回归为人,或者也回归为物,老人才会陷入沉默。"一切都是碎片,无论是面具,还是巫师的服饰。博物馆的存在丝毫不能抵消文化的变迁和群体的健忘。

博物馆里的文物,或未被保护的物质遗存与非遗,更多的与达伟所说的"小人物"的生活或没有留下名字的存在有关。有如各种各样大大小小的博物馆,收藏或记录的就是普通人的生活痕迹。在达伟的《博物馆》里,发生在诸多人物身上的叙事因素和叙事片段相当多,而且他们中的不少人还会在这部长篇作品中反复出现。最后出场的年轻女馆员,在间断省略的对话中,似乎她和叙述人都渴望自己重新成为一个少年,就像艺术品回到艺术的初始动机。

作为叙事作品，这是一种新型的小说，叙事人对他所讲述的人物均知之不多，他不是充分的知情者。博物馆的属性亦是如此：出现在眼前的是异于我们自身的事物，属于他者、别的族群和其他时代的物件。人与人的关系在达伟这里似乎是一个博物馆式的命题：关系的纯粹性使得我与他人仅有媒介性的关联，诸如观看考古现场、欣赏文物、借阅书籍。这些人物在此空间与媒介之外的生活，叙述人均不知其详。

残缺的不止是文物，《博物馆》所描述的残缺是消失的希望和无名的生命。文物是那些生命曾经存在过的唯一证据。"如果那个空间里的十幅画出自同一个人之手，那就只是一个无名之人，如果出自十个甚至更多人之手，那就意味着更多人的无名。我竟希望那是一群无名的艺术家，他们的人生与命运都是迷雾。他们早已消失了，没有留下任何信息，我们只能进行一些缺乏支撑的想象。我们甚至无法捕捉到他们成为画师的那个至关重要的成长过程。"

随着时间的流逝，曾经有过的生命消逝了，他们留下的只是一些不完整的器物、符号和图像，而创造了它们的生命和那些艺术禀赋的形成已陷入一团历史迷雾。也就是说，一旦涉及人物和生活，叙述的虚构性就会随着不确定性因素进入文本。除此之外，在达伟的作品中，小说的虚构要素不仅体现在诸多人物身上，也体现在他对另类存在的想象力上，如作品中所说的尚不存在于世的"残缺博物馆"和"幻想博物馆"。就像那位考古学家常常在怪异的梦中醒来，叙述人也讲述着他梦中的博物馆和他的梦境。达伟写道，如今那些成为艺术品的"灵感"可能恰恰来自于制作者的梦境。

叙述人也是《博物馆》里的主要人物之一。作家不仅塑造了思想者这一载体，叙述人也是让读者与诸多人物相遇的媒介。他试图去理解每个人物的内心生活，发掘、修复文物或保存收藏文物对他到底意味着什么？这些过去时代的遗存与现在的生活有什么关联，与他们的生活困扰或内心世界存在着怎样的隐秘连线？

这些未知因素的增加，会让《博物馆》变成一部典型的小说。虚构就是填补未知和不确定性的一种叙事，也是把片段和瞬间以虚构的方式连接起来的讲述。《博物馆》没有对未知进行虚构叙述，也没有将不连续的生活以戏剧化的方式加以完整化，因此这是一部非典型性的小说。其实，文体的区分越来越不重要，跨越文体的写作才是更值得尝试的话语活动。达伟的《博物馆》提供了"太多值得思考的事物"。"为了改变我们僵化的观看之道"，作家从各种人物的生活与目光揭示出博物馆的人类学意义，时间，记忆，历史，他者性，生与死，艺术与美。

时常跟随作家出入博物馆的小女儿提出的问题会让叙述

人给出另一些解释:"女儿最感兴趣的还是钟表里那只燃烧的鸽子,她问我那只鸽子是不是已经不会飞了。我一惊。那是一只被囚禁的鸟,已经失去了飞的能力。这是另外一种解读,但我又不希望女儿会有这样的感受。那是钟表的装饰物,不是真的,有时会有一只真的鸟出现在那里,甚至还会在那里筑巢,这是我跟女儿说的。"这些也是达伟愿意告诉读者的,从被囚禁之物释放美与自由,从博物馆走向历史的世界和生生不息的生活世界。

这就是达伟漫步在《博物馆》里的一个形象,它来自书中的一段引语:"我信步走过数个世纪,就像是一位千年老人,在回忆中沉思。这是我本人的回忆吗?不,当然不是,可博物馆若不能带来一段集体的回忆,让你能融入其中,则要博物馆何用?"博物馆是一个与生活世界隔离的封闭空间,而达伟关于博物馆的写作与思考,正在于让它成为敞开的思想场所。这是一部给人无限遐思的书,它是散文,是小说,是哲思。不知博物馆是否会回答"我们从哪里来"和"我们到哪里去"这一哲学问题,达伟的回答意味深长:

> 我们会在火塘边重新回到童年,也会在火塘边重新回到故乡。当火塘熄灭时,我们才发现已经很难真正回到记忆中的童年与故乡。

熄灭的火塘，被摆放在了那座博物馆。火塘边有一些蜡像，或立或坐，或昂首或低头，或谈论或聆听。文字解释说那是过往马锅头的形象。我希望那远不止是过去的马锅头形象。主题突出后，那些蜡像的意义反而被简化了。我的思想抵达了另外一个世界，回到了童年与故乡。

目 录

1 ……001

2 ……013

3 ……026

4 ……036

5 ……045

6 ……056

7 ……067

8 ……076

9	······088
10	······093
11	······101
12	······105
13	······110
14	······116
15	······124
16	······127
17	······137
18	······144

19	······147
20	······170
21	······177
22	······188
23	······194
24	······199
25	······208
26	······215
27	······217
28	······224

29 ······228

30 ······233

31 ······237

32 ······246

33 ······248

34 ······251

35 ······254

36 ······258

37 ······260

38 ······263

1

在纽约的现代艺术博物馆里，几个星期以来展出了一幅巨大的油画，上面画着我（画的标题说得很明确）在一些散乱的碎块中间。

——［法］阿兰·罗伯-格里耶《重现的镜子》

一座私人博物馆，在古城深处。与一进入古城就见到熙熙攘攘的人群不同，古老的石墙上与巷道里，斑驳的黑色和绿色打落一地，人影稀少，进入博物馆的人更少。那是亡者经常抵达的世界，他们混迹于稀少的人影中，自然穿行，没有人会在意他们。我无意间出现在那里，在门口徘徊了一小会儿，然后决定进入博物馆。一个亡者的侧影，把我引入那个需要用内部视觉来认识物的世界。世俗间不幸的那些灵魂，在博物馆中，得到了一些莫名的慰藉。

在拥挤的房间里，堆积的物挤压着我，我探身而行。从民间搜集来的各种旧物件，被主人分门别类地摆放在不同的楼层和房间。有一段时间，民间博物馆给我留下的印象，就是灰尘遍布，杂乱无章，旧物气息浓厚，绚烂的色彩早已褪去。那个民间博物馆里，最多的是黑色的甲马雕版，只是单纯的黑色，如墨。我们看到的是主人对旧物的迷恋，以及收集旧物的热情。博物馆的主人不在，我们只能想象那是一个近乎有些疯狂和偏执的人。诗人曾跟我说起，在另外一座旧城的深处，堆满了造型各异的石狮子。艺术的试错与创造，以及艺术的宿命感，在那里凸显着。有很多石狮子造型他不曾见过，如果将那些石狮子进行整理并合理摆放，那个很小的房间，同样可以成为一座以石狮子为主题的民间博物馆。诗人说，那些石狮子的主人感到沮丧，他不知道该如何处理它们，它们在他眼里早已是废弃无用的物。物的作用在减弱，物的象征意义同样已经消失，物只能以另外的方式存在于特殊的空间，就像存在于博物馆。

我又陆续出现在另外一些博物馆，那是从无意到有意的行走。第一座博物馆给我留下的刻板印象，早已随风而逝。一些博物馆在城市中心，一些在城市边缘，一些散落在河谷与村落之中。有时，踩着金黄的落叶进入博物馆，暗示着时间是在深秋；有时，会听到一些冰块融化碎裂的声响，那是在冬末；有时，在寂静的河谷中，河流缓缓流淌，那可以是任何季节。特定的时间，会对进入博物馆时的感觉与想象产生微妙影响。我们很多时候无法真正选择时间。

有些是现实中真正以"博物馆"命名的空间，有些只能是某种意义上的博物馆。进入博物馆，是为了让内心的虚空被时间与艺术慢慢填满。当然，也为了其他，毕竟与博物馆相关的不仅仅是时间和艺术。很多时候，我无法轻松地谈论博物馆。当女儿也出现在一些博物馆后，一切开始变得柔软而轻松。她有时由我陪着，有时不是。某天，五岁的女儿再次出现在城市边缘的那座博物馆。那是这座城市里，真正意义上的博物馆。一条河流从它面前缓缓流过，施工现场一片狼藉，那里将建起一些现代建筑，与博物馆的古朴面貌形成强烈反差。女儿激动地跟我说起她对博物馆的感受与兴趣，与她三岁多第一次出现在那里时已经不一样了。我知道，五岁的女儿在那座博物馆里，依然什么也不懂，她才是更依靠感觉的那个人。现在女儿七岁，偶尔要让我再带她去博物馆看看，说是有几个展厅她还没进去过。

博物馆有可能会偏离它最初的意义，这往往与进入博物馆的人密切相关。那些文物被放在了博物馆里，只能被我们的目光轻轻触碰，它们的坚硬与柔软、粗糙与光滑，都只能通过光线中的那些剪影进行判断。在博物馆里，判断时而准确，时而有偏差。我偶尔才会进入博物馆，与许多考古学者不同，他们经常穿梭于博物馆，甚至他们中很多人的工作地点就在博物馆。有些在博物馆工作的人，会因长时间在里面工作产生的倦怠，忽略一些东西。我们要谈论的是在那个空间里，应该拥有的对艺术与时间的敏感。有些所谓的敏感，变得很空，除了一些大词、一些空洞的词外，所剩无几。

我不是考古学者，工作与考古也没有任何联系，对考古知识的了解也很有限。我想起了那几位友人——考古学者，他们或是在文物管理所工作，或是在博物馆工作。他们工作的大部分时间，都花在了山野间。他们开始挖掘，一层又一层地挖掘着，希望能在那些土层中发现一些可以解密时间的东西。于他们而言，时间很重要，时间需要借一些物件来拉伸和校准。从此刻往前推，他们需要的是能够佐证预设的物，有时事实真如他们所推断的那样，有时却不是。"不是和空"，成为他们生活与工作的常态。他们终于发现了一些断瓦残砖，还发现了一些建筑的土墙，在地下掩埋多年的土墙，土墙的样子已经很模糊。作为考古学者的他们，一眼就断定那是土墙——那些负责挖掘的人一寸一寸艰难地挖掘着，一座昔日宏大建筑的影子出现在我们面前。他们很激动。经他们一解释，我也看到了建筑的影子。只是建筑的影子，建筑的功用暂时无法被确定，只能猜测。它可能是庙宇，可能只是普通的住房，还可能是皇家建筑的一部分。大家兴奋地猜测着，时间制造的迷雾总是让人无端激动，他们与我不同，发现和确定是他们的工作。长时间从事这样一份工作，热情是否已经消退了？眼下他们的兴奋与激动表明，一些热情在持续着。有太多不确定的东西需要被确定，一些貌似确定了的东西，有时又会被推翻和重建。这同样也是考古学吸引我的地方：貌似一切已经清晰，实则并不清晰，有着太多可能性的东西被掩埋于厚厚的泥土之下。有一些是红土地，挖开后，厚厚的红色赤红耀眼。

我们在去往考古现场的过程中，谈论的不只是博物馆与文物，我们也会谈论那些山野与河流，还会谈论生活中的焦灼与幸福，比如婚姻与爱情。其中一位友人刚刚与妻子离婚，儿子跟着前妻。我知道，即便是借助考古工作不断在山野中奔走，他依然需要很长时间，才能从生活的挫败感中走出来。我不知道怎么安慰他。我只能继续向他咨询与考古有关的事情，暂时不去触及那个痛楚的话题。他对考古的热情，让人感觉他并不是那种一直深陷于过往而无法自拔的人，即便考古工作本身便是深陷于更久远的过往之中。我不知道该怎么比较和区分这二者。

我从博物馆中走出来，出现在了考古现场，又从考古现场回到了博物馆。这是不断折返的过程。只有自己才知道，这样的行走于我而言有着哪些特殊的意义。我更喜欢出现在那些旷野中的考古现场。考古现场就在自然中,我喜欢那些自然。

他们出现在那条河道中,河流已经干涸,河道里是一些被太阳晒得欲裂的大石头;他们出现在那个山坡上,山坡上杂草丛生,把一截土墙覆盖,他们专程去看那截土墙;他们出现在那条古道上,还能见到一段完整的古道,光滑润泽的鹅卵石上覆盖着一些树叶,扒开树叶,路开始露出来;他们又出现在另外一条古道上,他们要万分小心才不会陷入那些很深的马蹄印中;他们还出现在其他地方,继续去做田野调查。这是他们的工作,这样的工作让人羡慕。

我成了他们中的某个身影,只是无论怎么伪装,依然一眼就能被认出,那是有别于考古现场与那些人的身影。我不是专业的考古学者,我只是对他们的工作感兴趣的人。在我看来,他们是在与时间和自然打交道。当我把羡慕之情表达出来时,他们反驳说,我只是看到了诗意的表象,表象之下充斥着的是枯燥与疲倦。他们中的一些人虽然是在这座城市的博物馆工作,但很多时候,都是在野外。我认识的几个人就一直待在某个考古现场,其中从省城和外省来的那些人,很少回家。有些时间,他们也在煎熬,需要运气,需要耐心,需要持久。他们说,有好几个人已经在考古现场持续挖了好几年,如果再挖掘不出任何东西,他们只能在无尽的失落中放弃。终于还是发现了一些东西,他们很激动,哪怕只是微小之物,也有着特殊的意义。

没有任何东西,便意味着一无所获,世界成空,也就意味着许多猜测失去了支撑,他们又将再次堕入虚无和颓丧中。这样的感受,有时又仿佛是在隐喻我们的一部分生活。我们也在现实中不断找寻着一些微小的希望,它们支撑着我们从那些沮丧中走出来。当有了这样的想法时,我与那些人似乎又没有了区别。

我只是在关心他们的工作,暂时不去关心他们的人生与命运。其实,我也知道,考古会影响他们的人生与命运。其中有个年轻人,是省城博物馆的,大部分时间都在村子里,挖掘现场就在那里。我遇到他的时候,他的女儿才四岁多。他说,自己在那个村子里面对着考古现场时,感到很疲乏,折磨自己的是对年幼女儿的思念。他回家看望女儿的时间被挤占得所剩无几。他的女儿知道自己的父亲是一个考古学者吗?她是否会像我女儿一样,当别人问起时,不知道该怎么形容自己父亲的工作?还有那个修复文物的老人,他从外省来到村子,已经有好几年没有回自己的故乡陕西了。在陕西还有亲人吗?他说有,只是没有孩子,老伴儿早已过世。与很多亲人已无过多联系,他有些感伤地说,肯定许多亲人已经忘记了自己。是否会回到自己的故乡?酒意正浓时,我们问他。他伤感地回答,也许当自己的眼睛再也无法适应修复古物之时,他只能选择离开,除了那个记忆中的故乡外,他不知道还能去往何处。我们发现,不仅他的听力已经很差,他的视力也在不断减退。肉身上的一部分功能在残忍地老化。他开玩笑地跟我说,自己感到庆幸的是酒量并没有下降。修复文物既成了他的日常工作,也成了他的情感寄托。他带我们进入了那个摆满文物的房间,许多文物都是他修复的,许多文物只是被临时摆放在那里,它们最终会被送往或大或小的博物馆。他给我们介绍那些碗,还有那些饮酒和祭祀用的器物,在幽暗的光线中,它们看上去没有丝毫被修复过的痕迹。当他意识到在那里,即便是白天,依然要开灯时,他打开了灯。光线明亮,一些修复的痕迹出现了,你无法修复时间留下的瑕疵与破碎。每天都要面对着破碎和有瑕疵的物,他成了一个忧伤的完美主义者。那个空间之于他的意义,一目了然。世界开始变得清晰,时间开始变得清晰。

与我同行的考古学者说,他常常梦见自己是一块古代的瓷片,一块破损的瓷片,一块一直在寻找完整生命的瓷片。他总觉得这样的梦类似神启。在那之后,他真的挖掘出了一块破损的瓷片,并且成功找到了另外一半。这只是他成为现实的梦之一,他还做过其他各种各样千奇百怪的梦。考古学者用寥寥几句话跟我说,自己在挖掘那些废墟时小心翼翼,带的一些工具特别锋利,他总觉得当自己刺向围裹着那些生命的黑暗时,就需要那些锋利的工具。需要一把锋利的铲子,也需要一个纯洁的灵魂,至少还要有一双聪慧的眼睛。考古学者常常从怪异的梦中醒来,在梦里,他多次于黑夜里拿起那些工具前往某些废墟进行挖掘，铁铲碰触着地面，挖出深井，却不曾挖出任何自己想要的东西。在一片漆黑之中，他那双对美有着敏锐感觉的眼睛失去了它的敏锐。黑夜之中，有一个跳舞的灵魂，一个被神灵召唤着在夜间醒来的灵魂。最初，每到夜间，他总能感觉到内心里面，对于古老想象的渴望已到了无法抑制的程度，他多少有些慌乱，并常常压制自己。当某天夜里实在无法自制之后，他来到了繁星之下的废墟，拿出了考古的工具，当听到废墟之上的虫鸣与自己手中工具的挖掘之声交会在一起时，便彻底释然了。

考古学者拿出了毛刷，激动地清洁着文物的表面。他要对一些已挖掘出来的东西进行甄别、修复和分类，然后放入博物馆。如果不是曾多次目睹那些考古学者在野外工作的情景，我们在博物馆，定然无法想象那些文物在被挖掘出的那一瞬，会因为自己得以重见天日而狂喜不已。那种狂喜，应该类似于我们在面对着一些艺术品时的感觉。我也希望自己能在某个黑夜，在繁星密布之时来到这里，好好聆听一下美妙的虫鸣，毕竟我在白日里的此刻出现之时，没有听到任何虫鸣。这真是一片荒凉之地，一片会让人感到恐惧的荒凉之地，置身此处，总觉得暗处有一双野兽的眼睛正在注视着我，那两道目光的重量与犀利已经落在了我身上。有时，我们出现的旷野并不是荒凉之地，相反，那里杂草丛生，许多植物长得繁茂。纯粹的自然。我们愣了一下神，然后才猛然醒悟过来，那里将是一个考古现场，或者那里曾经是一个考古现场。考古学者曾在那里呼吸着草木的气息，那里有浅紫色的金钩如意草，还有头花蓼，粉色，还有密密麻麻的岩蕨，还有其他植物。他们要把这些植物全部清除，他们会不会因为那些植物而走神，以致推迟了挖掘的进度？我望着那些挖掘的人，还有在挖掘的人群中匆忙走着的人，他们只有在感到疲乏时才会出现一些停顿。把考古现场回填后，不知道在它上面又会长出一些什么样的植物。

我总觉得在我没有注意的时候，在我不在现场的时候，他们会停下来一会儿，为了感受自然的气息，也为了歇一会儿。考古是一件很考验体力和耐心的事情。我看到了许多碗的碎片，很多人都在那座博物馆里为之惋惜不已。那些碎片背后，可能就是一个失去了耐心或者还未拥有过耐心的人。当然这也可能只是一场意外，毕竟在地下被泥土包裹着时，有些东西的位置很难被我们清晰地感知。那是在博南山下的一座博物馆里，我们看到了一些碎片，给我们介绍的人痛惜地说，是因为没有专业的人去挖掘，才使当年杨升庵留在博南山上的痕迹变得支离破碎。大家都感叹，即便有那些很专业的修复文物的人，修复之后那些裂缝依然清晰可见。一个完整的器物之于我们的意义，在博物馆中，我们似乎发现了，又似乎丝毫没有察觉到。

他们在那个考古现场，不分季节地挖掘着。在夏日的酷暑中，在冬日的严寒中，他们忙碌的身影一直存在。我熟悉他们，我佩服他们给人留下的永不疲倦的印象。他们也一定知道离有些考古现场不远处，会有一些河流，一些还未被工业文明污染过的河流。河流有时就是一面又一面天然的镜子，镜子中倒映着各种关于时间与人性的景象。我离开考古现场，在河流边蹲坐下来，捧着水喝，清凉透骨。想想那些挖掘的人正挥汗如雨，一定对河流充满了渴望。站在挖到了好几层深的考古现场，我们已经无法想象那些密布的植物了。没有植物的世界，只有沙砾岩石的世界，世界似乎突然间再次变得荒凉了。有时，植物的繁茂同样会衬托出一个世界的荒凉。他们离开后，回填的世界中很快就会有各种植物长出来。我曾讶异地发现，那些植物生长和覆盖的能力远远超出了我们的想象。那些考古现场被回填。我一开始对此不是很理解。当植物再次在上面长得繁茂之时，我才明白了回填的部分意义。那些出土的文物，将被送往博物馆，成为一些人的论据，它们有时也成为独立的物，供人欣赏。进入博物馆，我们成了欣赏者，会情不自禁地评论那些物美的一面，也会谈论它们上面落满的时间浮尘。

　　我看到一个曾经的考古现场上面，再次长出了繁茂的植物，以低矮的植物为主。那样的重新覆盖，让人不免怀疑那里不曾来过一些考古学者。有一段时间，我独自出现在苍山中，去那些印象中的考古现场，不是为了去看可能会出土的文物——要看文物的话,最好是去博物馆——我是为了自然,去拾取那些洒落在河谷的自然之光。有一次,我专门回到某个考古现场。考古现场已经踪迹全无,我看到的只是自然,我沉浸其中,忘记了此行的真正目的。

在不断重返那些考古现场后,我才真正意识到自己与考古学者之间的不同。我要获取的东西与他们不同,我们对世界的理解与认识不同。离开旷野,去往城市中心的那座博物馆,我们会暂时无法轻抚自然,也将暂时远离那些熟悉或不熟悉的考古学者,我们像是都成了博物馆的爱好者、观赏者和收集者(就像去收集云朵、收集落日、收集河流一样)。那是博物馆的视角。我们暂且去那座博物馆吧。我们在别处也看到了博物馆。我没有跟女儿说"我们去博物馆吧",反而是她跟我说他们将要去博物馆参观。那时她才三岁多,她不知道博物馆为何物,却异常激动和兴奋,那是对陌生世界的好奇。她从博物馆回来后,那种激动和兴奋一直没有减弱,她说自己做梦了,那是一个关于博物馆的梦。我想让她跟我讲讲,她说要保密,那个梦只能她自己知道。我只知道,那必然是一个彩色的梦。

2

片刻后他说:"怎么,对博物馆一点没兴趣吗?那边那个家伙,和我有多年交情。他就是搞博物馆的,成天和头骨、文物等打交道。没兴趣吗?想必是没兴趣。"

——[英]石黑一雄《上海孤儿》

我不知道自己为何会在那段时间,集中且有意地出现在那些博物馆。爱情没有出现问题——爱情的挫折会让人想去一些地方,比如有可能会让人无端想去博物馆,并最终在博物馆里得到治愈。我已经步入婚姻,已经有了儿女,家庭与婚姻还算平淡幸福。我无端想到与爱情有关,是有因由的。我想起了《沿河行》的作者奥利维娅·莱恩,她就是在爱情出现问题后才决定沿着乌斯河独行,在独行中寻找治愈与解脱。爱情的挫折只是引子而已,爱情的失败很快就消散于行走中。我没有这种特殊的引子,只能猜测有一些人会因为爱情的问题而不断独行,会短时间离开习惯的生活之地,去疗伤,同时也是去寻找灵感。

  博物馆同样也应该有这样的作用。我想跟一些人说,如果感情生活不顺的话,就试着进入一座博物馆,最好是旷野中的博物馆,一打开门就能够看到疯长的野草与繁盛的灌木。很多时候,看到的更可能是彩色的稻田,一些蚂蚱在其中跳动不已。我们带着女儿奔向了稻田,去捕捉一些蚂蚱。我们捉到了四只很小的蚂蚱。女儿开始在家里喂养它们。每天我们都要去给它们采一些绿色的草叶。女儿说,里面最好看的那只是绿色的,通体都是透明的绿色,可能是因为吃了绿色草叶。蚂蚱被我们养了很长时间,并没有因为被放入狭小的瓶子而日渐衰弱,给它们换草的时候,依然能够感觉到它们想要跳跃的力量。在稻田里,它们可以跳得很高很远。女儿把注意力都集中在了蚂蚱身上。我跟她说还有博物馆,还有稻田,还有稻田映入其中的河流。女儿并不在意,依然沉浸在捕捉那些蚂蚱的乐趣中。就在博物馆前面,我看到了自己失去已久的天真与童趣。一些博物馆会以物的方式保存着某种让人欣羡与感慨的天真。如果不是出现在稻田与自然中,它们都将成为梦想者在面对着图片、文字与实物的一种梦想。与感情没有任何关系，我还是出现在了一些博物馆，并巧合地进入了第一座博物馆，也就是那个民间博物馆。并不是因为爱情，这多少有一点点令人失望，热恋期的男女同样也可以出现在博物馆里。

因为工作原因，我出现在第二座博物馆，那是一座非遗博物馆。许多人开始关注非遗，人们猛然意识到了许多非遗的处境尴尬。一些民间艺术，如果再不去关注它们，它们将会随着一些民间艺人的老去和离世彻底消失。工作原因，并不足以支撑我出现在更多的博物馆，唯有内心对一个空间的渴求，才会让行走具有那种连续不绝的意味。在那座非遗博物馆中的感受是独特的，众多的民间艺术品堆放在我面前，它们一股脑儿地砸向我，像突然汹涌而至的洪流。我总觉得所有艺术品都是有重量的，我无法背负它们。我们在那里感叹着民间工匠的技艺高超，也感知着那些艺术品在美学上所具有的恒久意义。不是我一个人进入了那座博物馆，是一群人，我们来考察非遗的现状。我们感受着消失之易与存在之难。美感与技艺消失何其容易，存在又多么艰难。

我开始与另外一些博物馆相遇。其中一座博物馆的建筑风格不是现代的，而是古朴的、仿古的。建筑本身就是各种古老建筑风格的杂糅，建筑本身就可以被视为一座建筑博物馆。我们都觉得，随着时间的变化，它作为博物馆的意义就越发凸显，毕竟太多的建筑风格已经消失，或者正在消失。有一个相对古老的建筑，正准备被拆除（当再次修改这些文字时，那个相对古老的建筑，已经被拆除）。古老的建筑，在那座城市里已经屈指可数。在一座城市里，倘若没有古老建筑的存在，总觉得缺少了些什么。一些老人在那座古老的建筑上投注的情感很深，听说它要被拆除了，他们不断出现在它面前，想留下些什么，那是我们无法想象的情感积淀。一开始，我们怀疑那种情感投入的必要性，慢慢地我们逐渐理解了他们，当听闻那个古老的建筑已经被拆除的消息时，我们内心深处竟也生出了一些惆怅与痛感。那是建筑与人的内心，在时间作用下慢慢形成的相互依附，更多的是人对建筑的情感依附。

　　工作一仍其旧。与必须要进入博物馆的工作不同，这牵涉到了人的工作与生活的状态。为了对抗平庸的日常与自我，这是一个很合理的理由。一些行走的动力早已消磨殆尽。有人也会因为工作的原因，暂时换个环境，出去透透气。有个朋友，在北京工作多年，拿着高薪，突然辞职回到了雪邦山下的老家。他在北京时，我曾见过他几次，我们在喧闹的城市里吃着北京烤鸭喝着啤酒，烤鸭只是我在吃，他说北京仅仅只是他工作的城市，他早晚要离开那座经常会有雾霾的城市。那天，吃过晚饭，我们出现在地坛公园，夜色渐渐浓厚。有个背着塑料袋的行人问我们地坛公园的位置，我们说已经在地坛公园了。那人在夜幕下的迷离灯光中，露出了不好意思的神色，他说要在地坛公园睡一晚。那个人给我们带来的震动很强烈。我们提到了故乡大理的蓝天。他辞职后先回到了大理，只是在下关这座小城市待了不多的时间，就回到了老家。

　　福东回到了雪邦山深处。我们从老君山上下来，离开复生家，只用了不多的时间，一个多小时，就从一个山系来到了另外一个山系。雪邦山最高峰的海拔比老君山还高，是大理州海拔最高的山，只是海拔并没有在山峰上明显地体现出来。许多人看着雪邦山，以为它的海拔不高。我们从自然回到村落。我们从高山上的牦牛旁回到人群聚集的村落。牦牛少，黑色的牦牛缓慢行走，空气稀薄而冰冷；人多，在暮色中我们准备吃饭，复生家的儿女，福东的侄女们，还有我们。复生的母亲再次像在火塘边那样默默地抽着烟，福东的母亲不抽烟，只顾着招呼大家。我们会看到一些对比，只是这些不同并不重要。当复生他们回到索玛小镇，当我们第二天也离开福东家后，福东将带着两个侄女去爬雪邦山。他们并没有去最高的山峰，他们的目的是去玩雪，今年气候反常，雪变得很常见，连雪邦山半山腰的雪都还没有融化。福东的嫂子是缺席的，就像福东的父亲很多年来都是缺席的那样。福东的哥哥是个木匠，我们在他家看到了那些雕刻精美的茶盘，以及精心设计的二楼。福东的哥哥要不断往返于雪邦山的东面和西面，它们是不同的世界，他在雪邦山深处的那些村落里留下了自己匆匆的身影，也留下了至少可以对抗一些时间的木雕。他会让我想起另外一些出现在雪邦山深处的木匠，他们很相似，他们又不同。

那个寡言驼背矮小的木匠翻越雪邦山出现在了我们村，他要帮一些人雕刻红豆杉的树根，做一些茶盘。当他出现在我们村时，山上的红豆杉已经被砍伐得所剩无几，但与他无关，他只负责为一整村的人雕刻那些木头。大家都知道红豆杉的价值，都想在家里留下一些红豆杉的影子。在我放牧的那些年，红豆杉还有很多。我们目睹着红豆杉不断被砍伐。村落里的很多人因为砍伐红豆杉被关进看守所一些时日，那些时日是煎熬的，一些人从看守所出来后，性情大变。不过这些都与那个人无关，他至少在那些村落里得到了尊重，大家都在称赞他的手艺。他在我们村待了很长时间，然后再次翻越雪邦山，音信全无。我们会偶尔谈起他，只是偶尔谈起他，关于他的命运，我们一无所知。我们只知道他在我们村雕刻那些木头时，赚了一些钱。

福东的哥哥，是不是有时也会像雪邦山中的那对父子一样，去帮一些村落修建庙宇。那对父子再次出现了。他们要为其中一个村落修复那个露天的照壁，那是属于整个村落的照壁，既是风水照壁，也是过往一些人衣锦还乡的见证物。那对父子面对着雪邦山上厚厚的积雪，就知道他们很长时间内都无法翻越雪邦山了。在等待积雪融化的时间里，他们能安心地修复那座照壁。

  我们无法断言，雪邦山对像福东一样的人来说，有着怎样的特殊意义。他们是否早已对它熟视无睹，是否会突然间再次发现，它那能让人的心怦然碎裂一地的美。在雪邦山下那所没有多少老师和学生的学校里，诗人的身份是一名教师，一名别的教师放学归家后，独自留守的教师。当一切快乐、童真、可爱、青春与活力暂时从浓变淡之后，他的身份变为诗人。他要写下那些在旁人看来有些矫情的孤寂，还要写下那些落在心头久久未能融化的雪迹。当他抬头眺望时，雪邦山上的雪迹已经消失，如果还有一些未融化的雪，那应该在雪邦山的背阴处。在雪邦山某条河流的源头，那些雪会慢慢融化，它们会成为一条奔流不止的河流的起始。诗人在酒精作用下，说自己最喜欢的诗人是杜甫，最喜欢杜甫的诗句"在山泉水清，出山泉水浊"。

  当他郑重地一笔一画写下诗句时，他早已不在雪邦山下教书了，因为诗歌创作被调到了县城，雪邦山成了诗人的一种回忆。在雪邦山下的那几年，应该是他人生中最为单纯和饱满的时光，那时他的身上还散发着他们那个时代的理想主义气息。有时，大半夜，雪邦山上下着雪，他的一些朋友会冒着雪直接撞门而入，在火塘边谈论一些深刻的话题直至深夜。他不断回忆着，虚构着。诗人在雪邦山下的时光，同样也经过了他的某种虚构，这是我猜测的。他一定不会同意我的臆测。在县城工作后,他曾经的一些学生来县城时,会找他,他们经常会在烧烤摊上聊天畅饮。他们的关系早已超出了普通师生关系,他关注着他们的成长与生活,他们同样也在关注他的生活。他说,自己永远感激那些心怀善意的人,稍有宽慰的是,自己也一直与比自己还不容易的人共度艰难,其中除了亲人、朋友以外,还有陌生人。他说,自己几乎用上了仅有的全部心力。他说,人生的要义之一,是爱。后面这些话是他说的吗?可能是,也可能不是。我应该是听他说过类似的话。他说在雪邦山下生活的那些日子,是刚刚把自己真正抛入社会现实的时候,在那个乡村,他感受到了来自那些学生和家长的太多善意,他们并没有因为自己是一个外来者而排斥自己,自己的孤寂慢慢得到排解。他经常出现在村落中的学生家,经常跟着那些砍竹子的人去往雪邦山深处。在一次又一次去往雪邦山的过程中,这座山对他产生了强烈的影响。他依然能记得在许多火塘边,大家共饮一碗酒的情形。那是一个大碗,在或明或暗的火光中,上面的花纹也在扑闪着。每个人喝一口后,用手轻轻擦拭一下碗口,再传给下一个人,可能一晚上就只喝一碗酒。他说没有在别处见过像那样饮酒的,那是独属雪邦山深处的饮酒方式。在这样的世界中生活,与这样的人相处,怎能不会被他们的善与爱感动,并改变呢?

像福东和诗人一样的人,也有可能会出现在博物馆。

因为工作，因为生活中的种种，内心总有些焦虑与不安。生活中的一些东西会影响到自己。有时，自己成了一个极端情绪化的人，成了一个要不断与自己的内心进行博弈的人。无法确定自己是在夸大内心的感觉，还是确实如此。当出现在某座博物馆中时，这些负面情绪竟神奇地消失了。这里似乎有夸大博物馆作用的嫌疑，但能肯定的是，那些情绪确实淡化了。有些博物馆真有这样的作用。当面对着那些沉入时间的泥土和尘埃中，又再次探出时间之外的东西时，内心总会有一些触动。

博物馆有着强烈的隔绝意味，从出现在博物馆中的那一刻起，就相当于隔绝了世俗，隔绝了外部世界。博物馆之内是另外一个世界，从建筑形式开始，就已经宣告了差异与隔绝。我凝视着博物馆中的塑像与其他物件，不同的时间在那个空间里交织。与那些考古学者或博物馆的工作人员不同，我无法一眼就能辨别出哪些物属于哪个年代，我只有强烈的错综复杂的时代感，抑或是时代感的消失。时间消失了，眼前存在的是冲破时间限制的物。如果不去刻意强调时间，我会沉浸于那些物件所释放出来的恒久的美感。美的东西，总是会在不同的时间和空间，以不同的方式抚慰自己。

如何才能面对更广阔的空间，于你而言，总是有难度的。眼前是伞状的菌子，虎皮、细须，第一次见到与虎有关的菌子。菌子所处的空间，一个密林之内，除了我自己外，再无他人。

我产生了一个关于博物馆与虎皮菌之间的联想,它们有一些相似之处。友人在旁边问我,能具体说说吗?他问得我哑口无言。我只是觉得它们之间有着某些相似之处。博物馆的建筑形状?博物馆里的东西?有丰富联想的是小孩,我又想到了女儿,如果此刻女儿在我面前的话,她可能会脱口而出它们之间相似的那部分。

眼前出现了一些面具,我不清楚女儿在面对这些密集的面具时,内心会是什么感觉,可能还是恐惧居多。我还没有带她进入这个以面具为主的小型博物馆。其中一个面具,香柏木上镶嵌着一些绿松石,拼贴在一起的面部又像是砖石镶嵌在一起,贝壳做的牙齿有些松动,似乎快要掉了,贝壳做的眼睛反而显得很坚固。贝壳的形式之多,超乎我们想象。贝壳里空无一物,贝壳中潮湿的软体生命早已消失不见。从贝壳里走出来的,可能不只是那些软体生命,我们还在一些画作和传说里看到了一些让人觉得不可思议的庞然大物,它们真的出现了。加斯东·巴什拉在《空间的诗学》第五章"贝壳"里,重点阐释了这种小与大的辩证关系。在这里,贝壳的形式只是面具上必不可少的点缀,贝壳在面具上开始缩小。有个面具上镶嵌着一些宝石,那些宝石会让人莫名想到可能的爱情,宝石隐蔽又明显,让人难以忘怀。这些都是让人印象深刻的面具,我走出那座博物馆后,那些面具依然充斥在脑海,并一直缠绕着我。其中一个开始在脑海中飘荡，它很像在热带河谷中见到的那些在集市上随风飘荡的面具中的一个。飘荡着的时刻，才是它最真实的时刻。当一个祭师戴着面具时，祭师就拥有了一个在热带河谷中飘荡着的轻盈的灵魂。拥有一个不痛苦、不孤独、不麻木的灵魂，是很难的。祭师往往面对的是人们的苦痛。在那个热带河谷里，当地的传统是先由祭师举行祭祀活动，然后再进行其他。那里有很多面具，它们是相似的，又是不同的，其中一些有着强烈的宗教意味。当出现在其中时，我从那些介绍的文字里，知道了这是某些民间傩戏的面具，它们表情怪异，面色凝重，两眼突出，色调以黑为主。我希望自己在面对它们时，能把那些强烈的宗教意味放在一边。这样一来，就只剩下它们的美学意味了。

与博物馆相关的很多东西，或多或少都与宗教有一定联系，它们来自一个无比依赖巫术与宗教的年代。当它们渐渐沉入泥土，渐渐变得稀少之后，也就意味着一些年代已经远去了，一些人对世界的认识也发生了变化。我们说不清楚是否会对过往的关于世界的某些认识产生几分怀念，但在尚未祛魅之时，那种对于自然的敬畏，是值得我们去怀念的。那么，是否在某些时刻进入某座博物馆时，我们实际上进行着的是挽歌式的重返与追忆？面对着时间，面对着旧物，我们开始在博物馆里发出一些感慨。美感会在那个空间和幽暗光线的作用下有所减损，甚而会消失殆尽。其中一些面具的存在，根本就不是为了所谓的美感，它们的存在就是怪异与丑陋的一部分，即便我们无法断言那就是丑陋，至少我们能肯定那确实是怪异。第一眼的感觉就是怪异的，让你的视觉产生不适。当那些面具都在注视着我时，压抑感和惊惧感顿时吞没了我，美感消失了。我走出那个空间，一些面具会出现在那些光怪陆离的梦境之中。我猛然意识到那些面具中有一些意味着生命的重生。当意识到那些面具的意义可能真是如此时，它们惊悚的一面暂时消失。但再次出现在那个面具博物馆时，惊惧感依然可能会把一切淹没，并影响着在那个空间的感觉和判断。

我想起了另外一个人曾跟我谈起她在一个甲马博物馆时的感觉。那座甲马博物馆，里面有一些房间由古旧的甲马和古旧的物件摆放布置，好多家具也都是旧物，如木床、帘子、桌椅等。她想从那个世界里赶紧逃出去，她无法想象会有人愿意在那样的房间睡上一晚。她觉得自己在那样的房间睡上一晚的话，必然会产生梦魇。我有着同样的想法，同样无法理解有人可以在这鬼魅幽深的世界里住上一晚。我问起那些房间里是否真有一些人住，回答很肯定，说很多时候都是爆满的。

当进入那些博物馆时，我们会去想象建造者在面对那些物件时内心会涌动着怎样的情感。她说的甲马博物馆与我所见到的那个民间博物馆不一样，她进入的是一个有序的空间，一个虽然充斥着没落感、压抑感却依然有生活气息的空间。而我进入的那座博物馆完全是无序的，只是把相近的东西摆放在同一个角落。很多甲马堆积在一起，相互覆盖。在那种无序中重新寻找秩序是一个很艰难，也是需要极大耐心的过程。我变得不再那么有耐心了，甚至有些失望，只剩下失望，只剩下烦乱，只剩下模糊感。我跟女儿说，在博物馆中参观时，一定要有耐心，有时面对着貌似诡异之物，也不用害怕，那只是时间的一种色彩和形状而已。

3

龙伟认为整个欧洲简直就是一座活着的博物馆,传统与历史在这里都得到了完好的保留。

——［英］西蒙·范·布伊《一位著名中国电影导演的私生活》

木门打开,窗子打开,一个半封闭的空间;木门被我关起,窗子被我关起,成了封闭的空间。我故意去尝试在一个封闭空间里,一个人面对那些斑驳陆离的艺术品。只有光线可以穿过窗户的格子进入那个空间,没有开灯,光线相对暗淡,感觉很需要光线。随着时间从凌晨到中午到下午再到傍晚,封闭空间里的亮度从一开始的朦胧昏暗到逐渐明亮起来,明亮到足以看清这里陈列的那些画,然后又开始暗下来。画面开始隐入黑暗,画上的一些东西，像一些线条，如闪电一般切入黑暗中，我们记住了画面上一些永恒的东西。我们以为，目睹那些东西就能使它们承受住时间的侵蚀，在多少年之后依然可以释放出让人内心一颤的光与美。去过一些博物馆之后，我开始矫正自己的认识。事实并非如此。坚硬的墙体上夯的土，从松软潮湿到坚硬干燥，还能在凝固的时间面前长久地存在着，里面所释放出来的对抗时间的力超乎想象。光线照亮了墙体，光线开始照亮墙体上的几幅画，时间的远近已被一些人确定过，只能是大致地确定。年代是确定的，那些建筑的风格、那些画的风格（只能通过画的风格与内容来推断）被他们说得清晰无比。真说清楚了？当我们仔细凝视之后，发现似乎与那些人的讲述还是有着一些出入，风格其实并没有那么清晰。一旦风格模糊之后，那些画又变得不确定了。

是应该变得不确定。墙体的一部分剥落下来，剥落下来的是画的一部分，可能是画的落款（上面有一些暗示我们的信息）。一幅还算完整的画出现在我们面前，只是没有落款，没有作画之人的姓名，被时间隐藏起来，画师成了无名之辈。当这些画成为无主之作后，就只剩下画，只剩下艺术本身。那个空间里剥落了一些东西，就像人的一部分在剥落，就像人生的一部分突然消失，就像一些人突然无影无踪。多少画师是无名的，多少画师希望自己是无名的，多少画师又一直努力对抗着为了不被遗忘，只是至少眼前的那些画师都不是时间的对手，时间的神秘与残酷一目了然。如果那个空间里的十幅画出自同一个人之手，那就只是一个无名之人，如果出自十个甚至更多人之手，那就意味着更多人的无名。我竟希望那是一群无名的艺术家，他们的人生与命运都是迷雾。他们早已消失了，没有留下任何信息，我们只能进行一些缺乏支撑的想象。我们甚至无法捕捉到他们成为画师的那个至关重要的成长过程，他们成了一群天赋异禀之人，而他们的艰难成长，他们的不断摸索，都没有痕迹了。雁过无痕，雪地上鸟的爪印，雪融化后，也悄然无影。

我们会对一些艺术家的人生与命运很感兴趣，希望能从他们身上获取一些东西，一些让我们感喟的东西，一些让我们会因为人生的无常而悲泣的东西。此时，我们一无所获，只能静静地面对着那些画作，成为一个欣赏者。我们与画之间有着无法消除的距离，意识到自己无法成为一名画师，更无法达到眼前这些无名画师的造诣。我们服输了。我们又变得纯净了，目光纯净，把那些美的线条、美的色彩，以及或轻盈或沉重的主题尽收眼底。在众多无名之人背后，艺术回归到最为纯粹的地方，那是艺术的原点、艺术的起始。又真是如此吗？我说不出个所以然来。有时艺术家的命运也是艺术的一部分，有时恰恰是艺术家的命运，使艺术作品得以抵达另外一个维度。

回到那个封闭空间，回到那个建筑，它曾经是一个庙宇，与宏大无关，建筑的外部风格也在提醒着我们，与华丽无关，或者说从未有过华丽，只有简单。而在其他地方，我们见到了一些华丽与宏大的建筑。把目光放在那几幅画上面，开始发现它们与华丽的联系，用色的华丽。那些人物不是席地而坐，而是被一棵冬天生长的树托着。有个人的头上长出了树的枝丫，我以为那是构图造成的错觉，仔细凝视之后才发现画师确实画了一棵从人头上长出来的树。画的风格有着奇妙的荒诞感。"植物人"，我们的内心深处是否也埋着一棵树的种子，它会在身体里慢慢生长。鹿可以有枝丫一样的角，人怎么又不可以呢？有个小男孩想象着自己的头上长出了像鹿一样美丽的角，而这只能在梦中出现，鹿角也只能以另外的形式出现。如果这个小男孩最终成为一名画师的话，我们就能理解那些画的整体风格了。如果画师曾是小女孩，我就更能理解了，我希望女儿也能有这样的想象力。

艺术家的脑海里有一个想象的世界，它与艺术家的人生命运完全不同，它们相互平行。一个凭借想象力在高空中飞翔，另一个紧贴在地上，两个平行的世界无任何交集，让我们无法想象是怎样的一个艺术家创造了那些画，那些画风格迥异。知道艺术家的人生与命运之后，我们将无比吃惊。如果那些画同样是无主之作的话，那么它们是否只拥有纯粹的艺术之美？当我们大致了解了艺术家的人生梗概后,这些梗概式的东西又反过来帮助我们理解那些画。这时画就不再纯粹了,艺术也不再纯粹了。我猛然意识到那些画像极了光怪陆离的梦境,而一些画的灵感便是来源于梦境。有一段时间,我特别期待这样的梦境,并试图记录下它们。下面是其中三则,我没有跟女儿讲,不知道怎么向女儿描述。

　　光怪陆离的梦境之一。梦发生在我见到那些画之后。画的风格和元素影响着我的梦。梦中出现了两棵古老粗壮的冬瓜树,丑陋不堪。它们只有在梦境中才能长得那般繁茂——在现实中,我不曾见过那么大的冬瓜树。现实中,我是在那个热带河谷中见到了那些粗大的榕树。现实中,我又在博南山看到了众多的冬瓜树。我对这种植物熟悉又不熟悉:当看到一些牌子上写着"桤木"时,我以为自己看到了不同的植物。细细审视之后,才断定它们是同一种植物,惊奇之感不觉而生。桤木,桤木王,多么特别的命名,一些雾气开始萦绕着它们。热带河谷中,人们出现在其中的一棵榕树下,举行祭祀活动,梦中出现的竟然是冬瓜树。人们在两棵不是很相似的树上,刻上了相似的图案,像是在给树文身。我们可以拿开图案,图案之内将是一个独特的小世界。我问了其中一个女人(她身着华丽的民族服饰,服饰上同样有着与那两棵树上刻着的相似的图案),树上雕刻的那些图案是否会变化,她摇头,树早已停止了生长，那些图案完好如初，不曾有任何改变。披发文身之人，在主持一个祭祀活动，有当地的男女老少，还有一些外来参观的人，我便是其中之一。我们的身份都是模糊的。我看到了一些熟悉的人，他们同样有多重身份。那个与祭师相像的人（不仅一头很长的头发很像，他们的面部特征也极为相似，都是经历过生活苦痛折磨后的皱纹满布，神情却依然安详豁达）混迹于人群，我想接近他，跟他说说话。但就像在现实中，我们之间隔着的距离依然很遥远，隔着多少重山是我们无法说出来的。现实中，他是我时常想念的老大哥，我们在那些短暂的交集中，喝酒，谈论阅读，简单触及自我的现实生活，他关心着很多像我一样的文学青年。那些外来参观的人，突然间全都消失了。梦境转换的速度之快让人猝不及防。那些熟悉的人一一消失，只剩一个警察在那里让人给他照相。梦是在怎样的情形下结束的？那个女人在坡顶拿出了她小时候吹奏的乐器，她说了乐器名，我没记住（梦中的很多东西总是考验着人的记忆力，它们会迅速模糊，消散一地），她想继续吹奏，但声音喑哑，既而再也发不出声了。一些东西早已经消散。她说自己的女婿病了，要去照顾他，要去看自己的外孙还有女儿。她在那个世界猛然消失了。自然的各种形态，各种植物在梦中以梦的方式生长和排列，各种本应该在不同的海拔、不同的气候、不同的地理空间里生长的植物都聚集在了那里。那里像是一个大草原，像是刚刚被雨水清洗过，我们想见到的茫茫大草原中的羊群并没有出现，只有很少的几只，自然界的美却是真切的，我们在梦境中感叹了好几声。梦中的河流汇入一条大河，就在我们眼前，大河突然消失了，梦中的河流在绿色的草地上继续缓缓流淌。

光怪陆离的梦境之二。梦境相对清晰，只是相对清晰，梦所具有的那种跳跃性，碎片化，突兀，不合常理，在这场梦境中尤为凸显。四个人进入一片森林，沿着一条小河，我们要去寻找那条小河的源头。怎么定义一条河流的源头，这对我们来说是一个难题，毕竟在梦中，那条小河汇入了一条著名的大河——澜沧江（这是相对清晰的）。至于那条小河叫什么，梦中却不曾提及。在现实中，我也不曾见过那样一条河流（在梦中，我竟没有给一条河流命名的冲动。现实中，面对着一条河流，我会长时间地沉迷于思索河流的名字暗示的东西上）。如果是与现实所见相似的河流，命名就不再是问题，也可以把梦境与现实之间的距离缩短。河流在一个很大的坡上流淌着，我们要借助一些藤蔓植物才能继续往上爬，那个坡软绵绵的，腐殖质层很厚，我们踩在了腐殖质层上。河流并没有消失，只有在梦中才会这样，现实中，河流不会在那里诞生。我们此行是为了寻找那条河流的源头，最终，并没有见到任何源头。以为很快就到了，结果突然出现了一些现代的城市，现代的村落，一些聚集的人家,一个单独的人家。建筑华丽,我们要赶快避开那些建筑。我们忘记了自己是为了寻找河流的源头才出现在那里。梦境同样也在隐喻着未来的不可知。我们返回,不是沿着原路。小河消失,几个老人出现,他们在卖一些受伤的刺猬,我拿起了其中一只,它奄奄一息,我又轻轻把它放回去。受伤的刺猬与我们对视着。它们突然不再是刺猬。我们的人突然多出来一个,她谈论着那些人的贫困,与刚刚见到的城市与文明不同,那是丛林中稀少的人,他们与外界隔绝,语言却与我们相通。由这些人的贫困,我们还提到了我的故乡,还提到了一个非遗博物馆,它们在梦中变得很遥远,讲述的过程变得异常缓慢而遥远。我们再也没有回到那条小河边,小河像苍山中的那些暗流一样,坠入一个陨坑,然后消失。当再次见到它们时,它们已经变了模样,我们已经认不出它们了。我们似乎再未想过去寻访那条小河的源头。

光怪陆离的梦境之三。那是梦中的河流,是突然之间就出现在我们面前的河流。我以为在那里将不会看到一条河流。我坐在一辆中巴车上,车上的人,我都不熟悉,我们没有进行任何交谈。我们正被带往某座博物馆。车里并不是存在意义上的安静,而是冷漠,已经失去语言与亲切能力的静默。大家都把目光投向窗外的风景。河流暂时没有,并不意味着河流将不会出现。如果在这个梦中,车辆坏了,在焦虑的等待中醒来的话,河流将永远不会出现。但车辆没坏,梦境以一种正常的逻辑不断向前发展。我们要穿过一片繁密的原始森林。到了这里,梦的那种碎片化与非正常化的特征开始显现。那辆中巴车在狭窄的路上行驶着。当从梦中醒来后,你开始意识到那条路上怎么可能会出现一辆中巴车,还能不断向前行驶。梦里的人没有感到诧异。终于打破静默,大家开始滔滔不绝,那些陌生的人,突然间不再陌生,都成了你熟悉的亲戚与朋友。车要从一个垭口下来。这时,梦中的河流开始出现。一条弯曲的河流出现了,那是山对它的形象塑造。与这个季节常见的河流不同。在这个季节常见的河流都是浑浊的,携带着泥沙迅疾流动着的,只有在其他季节里,它们的流速才开始缓慢下来,才会变得清澈湛蓝。这近乎是悖论,携带着泥沙和什么也没携带的背后,竟然有着貌似不可思议的快与慢的哲学意义。我仔细思索了一下,才意识到这个季节的河流的流量很大。一些人朝河底冲去,大家都把车辆留在了身后,而那时司机也真把车辆停了下来。按照梦境的逻辑,此刻那辆车存在的意义开始消失,那辆车将不会再出现在这场梦境中。确实如此,司机的形象同样是模糊的。我在车上坐了几分钟后,终于抑制不住内心的冲动与激荡,开始朝着河冲去。河水是绿色的,天依然是湛蓝的,河水本应该是蓝色的,可河水却只是绿色的。那原本是一条大河,越靠近,它就变得越小,我一纵身就越过了河流。河流消失,只剩下一些水塘。梦中的河流,以梦的方式出现,又以梦的方式消失。我最终并没有在梦里抵达博物馆。

4

　　博物馆本身也是无尽的宝藏,我在里面徜徉了数个小时,感受着这城市和国家的历史。
　　——[荷兰]塞斯·诺特博姆《流浪者旅店》

　　那个空间里没有真实的烛火。烛火曾经很普遍。记忆中燃烧着无尽的烛火。如果我在冬日回到故乡的话,烛火会一直燃烧着,一直燃烧到梦渐渐冷却之时。有个朋友来到我的老家,他看了一眼就说,这很像他老家山上的彝族人,他们也一直让烛火燃烧着。烛火照亮了一些人的梦。如果某天突然出现一座关于烛火的博物馆,我将不会觉得奇怪。烛火博物馆,最适合建在一个还燃烧着烛火的山谷里,建筑的形状也应该是烛火的样子。我想象着那些燃烧着精神烛火的众多少数民族,他们有自己的精神图腾,图腾不一,但都是能穿透夜间浓黑的烛火。如果其中一些图腾出现在这座博物馆中,我们将看到一些人对世界与自然的认识。

一些人出现在一片松林里,去收集一些松脂,为了照明。我混入那些人中间,拿出斧子砍向其中一些松树,不会把整棵树砍下来。松树的伤口处会掉落一些树脂,那是松树的眼泪。我们把收集到的松脂拿回家,用来引火,或者是在没有电灯时,放在铁架上燃烧,一些松脂被燃烧,它们毕毕剥剥地燃烧着,一些松脂掉落在地,在地上刺啦一声燃尽熄灭。

烛火转瞬熄灭,那个空间开始变得有些幽暗和冰冷。在火星明灭中,我们都意识到该睡觉了。我们谈论着那些在黑暗中会发生的梦魇,一些逝去的生命会回来。我们在睡梦中听到了家里的那条狗一直叫,叫着叫着,便开始发出呜咽的声音,听得人汗毛直竖。世界在暮色中变得浓黑凝滞,当烛火再次燃起时,黑色的空间变得不再那么诡异和压抑。还有一种可能,烛火的出现,会让气氛变得更为凝滞,也让空间之内的苍白越发凸显而忧伤,至少我将忧伤不已,我内心深处的诗人也将忧伤不已。烛火的光,会让那个空间不再是单一的,身处其中的人也不再是单面的人,我不想成为单面的人,那我想成为多面的人吗?此处的单面与多面,贬义色彩很强烈。

烛火没有,火塘没有,电灯没有,冰冷的空。画上有烛火吗？画上有，一些烛火还在燃烧，其中一个透明人的心就是烛火，其中一个透明人的脑子里还盛放着烛火。你可以认为烛火的出现让那些画有了灵魂，烛火之外的东西则是躯壳。现实中，烛火燃烧着，火塘燃烧着。只是夜色中，这些烛火暂时熄灭了，一切烛火都熄灭了。那个空间里，适合有一个火塘，还有一个记忆中的火炕，但温暖的火塘出现，将让那些墙画在烟熏火燎中过早地失去迷幻的色彩。墙画会褪色。没有墙画的时候，我们只能依靠火塘做一些有神秘色彩的梦，而现在我们依靠那些画做梦。

在那个小城里，需要火，一个火塘，可以不断地添加木柴。木柴都是从山上砍伐下来的粗大的栎木。燃烧的火焰发出毕剥的响声，在男孩和女孩的记忆里燃烧着，直至夜深，直至木材烧完。我们会在火塘边重新回到童年，也会在火塘边重新回到故乡。当火塘熄灭时，我们才发现已经很难真正回到记忆中的童年与故乡。

熄灭的火塘，被摆放在了那座博物馆。火塘边有一些蜡像，或立或坐，或昂首或低头，或谈论或聆听。文字解释说那是过往马锅头的形象。我希望那远不止是过去的马锅头形象。主题突出后，那些蜡像的意义反而被简化了。我的思想抵达了另外一个世界，回到了童年与故乡。猛然间，我竟觉得回到童年与故乡也没有想象中那么难。其实很难，一些东西远去了就真的远去了，一些东西改变了就真的改变了。我们回到的是它们美好的部分，而现实远不止是美好。我看到的是一群人，是记忆中的一群人，我就是其中的一个小孩。火塘边围坐着的小孩有好几个，他们看上去很像，在那个光有些微弱的空间里，他们没有多少区别。我知道，那只是过往的一种幻象。有时，博物馆给我们保存的就是一些记忆与形象。

如果在冬日进入那座博物馆，那么一切给人的感觉都将是冰冷的。即便是其他季节进入其中，给人的感觉依然有些冰凉。熄灭后的火塘，让那个世界的凉意增加了不少。那时，那个空间的作用便是让我们无比怀念燃烧着的火塘，以及火塘背后温暖的一切。是这样，又似乎不是这样。真实的空间，是为了突出那些马锅头形象，与我的想象完全不同。我意识到一些东西已然消逝，很难再找回来了。博物馆里面一些东西存在的意义，便是提醒我们它们曾存在过。

小城里的这座小小的博物馆，与民间博物馆有不一样的空间，很小的空间，我经常去那里。里面还有着一些壁画，让人印象很深。有些博物馆里能给人留下深刻印象的东西很少，马锅头和火塘的形象很快就消失了、淡化了，壁画用它纤细的线条与斑斓的色彩把别的东西覆盖并遮蔽。那些壁画里有阳光，有黄昏中的牧人，牧人踩着余晖回家，有一些羊从垭口回来，羊的上方是逡巡的鹰，有在大地上行走的僧侣，僧侣目光的尽头是一条大河,有踩着云朵的老虎,有一匹镀铜的马,马鞍、马镫、马嚼、缰绳都有,一匹被束缚着的神色凝重的马。当我们把目光从这些画上移开后,我们看到了那对正在长出来的翅膀,当翅膀长到一定程度,那匹被束缚的马就会飞起来。另外一个形状怪异的生命,人的面孔上有着尖利的鸟喙,身上同样有翅膀,在光线的作用下,翅膀变暗成为影子,飞翔的影子、模糊的影子。不只是鸟在飞翔,还可能是人,还可能是其他动物,一切都将是飞翔的,一切物都将失去原来的重量。面对着那些飞翔的形象,作为观看者,我们对飞翔充满了渴望,至少是希望自己的思想能冲破现实的沉重与僵化,可以真正在旷野中自由飞翔,在旷野中搜集同样飞翔着的落日与河流。生命的力量感,从线条开始的力量感。那些在空中轻盈地飞翔的生命,成了代表生命与想象的符号。在那座博物馆中,一切都变得轻盈,一切都变得色彩斑斓。这一切明明是静止的,但置身其中后,它们便开始动了。有时候静并不是真正的静。生命的静物开始在那个空间里苏醒复活,此时对观赏者来说,最重要的是想象力与感受力。我分明感受到了一切所具有的飞翔感。这座博物馆应该被命名为"飞翔博物馆",而不应局限于它原来那个名字的真实和僵化,原来的命名方式太写实了。那些壁画,就是在现实的基础上,把现实往空中扯了一小点儿。当那些东西和生命悬浮于空中后,开始先后飞起来。在博物馆中,最重要的就是要有想象力,至少在那座博物馆中应当如此,不然在面对那么多怪异的形象时,我们的内心将是无感的。这只是我的个人体验。

博物馆对小城来说很重要,对我来说很重要,对一些人来说也很重要。那些壁画的存在,会把我们引向审美的某种高度,也会把我们引向时间的那个缓慢的维度。第一次从那里回来后,我早早就躺下了,我知道那一夜壁画上的一切色彩都会从画中脱落,汇成一条色彩的河流,在梦境的上空流淌。果然,那个夜晚,真有这样关于色彩的梦。一切先是黑白的,然后就像有个人拿起画笔开始涂抹,简单的黑与白消失,色彩开始变得丰富庞杂,色彩继续繁衍。我跟女儿分享那个梦。女儿问,色彩的种类是不是比她的彩笔还多。当我跟她说色彩不止那么多时,她感到诧异不已。直到有一天,她随意调着色,发现了新的色彩,那是她的那些彩笔无法涂抹出来的色彩,女儿说她懂了,一定是有人给梦境调了色。

我发现还有一些像我一样的人,他们也经常进入那座博物馆,同样故意慢慢挪动脚步,把目光放慢,想把那些色彩一丝一毫地捕入眼中。先是色彩,那些绚烂的色彩刺激着双目。我们成了异常贪婪的人,面对着博物馆里看似数量很少的物,我们发现贫瘠的空间开始变得丰富起来。我意识到我们这些人终将有一天会聚集在一起,谈论着那座博物馆和关于博物馆的记忆。关于记忆的讲述太重要了。我成了捕蝶者,成了捕虎者,还成了捕梦者,还生起了一个火塘。仔细凝视它们后,它们成了标本,成了无生命的东西,暂时失去了生命的温热。如果火塘烧起,它们是否会突然再次拥有生命,再次从火塘上飞过,化为夜色中一缕青烟似的影子?一个广阔的艺术空间,里面有一些宫殿,宫殿里出现了一些人的塑像,包括英雄与平民,既展示英雄的传说,也呈现平民的历史。这与我们所熟悉的历史不同,我们熟悉的是国家背景推动下的历史,我们看到了一些差异,看到了小人物在历史长河中的卑微与悲壮。小人物被历史铭记的那种难度超乎想象,小人物在历史中似乎永远都渺小如草芥、微尘。我们不想只看到那些大人物和英雄的人生与命运。我们也不想看到那些平凡之人在艰难时日里做着英雄梦。有些画是在呈现一个很遥远的世界,一些生命从远处走来,或者从另一个角度看,是一些生命去往很遥远的深处,越过画中的那个沙丘就能抵达。

我想约请一些人进入那座博物馆。那样的话,我们之间就有可能展开一段或几段关于博物馆的对话。回到记忆与现实中,往往是我一个人进入那座博物馆,面对着博物馆里面的那些物。在博物馆一贯的安静中,我的思绪常沉浸于博物馆本身,而忽略了博物馆管理员。与无法被忽视的图书馆管理员不同,我竟无法从记忆中找到任何博物馆管理员的样子。每当我想起图书馆，脑海中首先闪现的是一个面部清癯的中年男人，他面色平静，或者面色凝重，虽然很关心像我一样的阅读者，会让我们到那些书架前挑选想要借阅的书（其实这样的行为已经违背了图书馆的管理条例，我看到了墙上挂着的条例。我竟会想那是因为没有太多借阅图书的人，所以当图书馆管理员看到我时，他有了几丝安慰。也许那些条例是他以为会有很多人涌入图书馆才制定的，结果现实并没有如他所想，条例暂时成了摆设。他索性无视那些条例，让我直接置身其间。当时的我，在面对着那么多的书时，敬畏感油然而生，我在那里尽量轻手轻脚地翻阅那些书，能感觉到自己的心跳在加快），但始终一副很严肃的样子，就像那个图书馆里面很多书的主题那样严肃。

那是在一个藏于半山的房间里，我们谈起了关于艺术的严肃与审美话题。"我们"就两个人，天气异常闷热，很容易会影响我们的对话。眼前的他，是一个作曲家和音乐后期制作者，我算是一个写作者。我们都有些担忧地说，现实是大众的审美能力在下降，许多人在当下的现实里，无法得到真正的审美训练，太多的媒介，虚假信息的泛滥，很容易让人失去判断力。他说自己一直在写严肃音乐，不写酒歌，也不写宣传歌曲。虽然那些东西很多人都在写，但他还是想写自己内心真正想要表达的东西。图书馆管理员给人的感觉也是如此。一个直接讲述，一个沉默，却有着同样属于艺术家的严肃与高雅。一些人终究会消隐于某处。一些人与物的消隐,是为了让另外一些人与物凸显,我们只能这样解释那些博物馆管理员的莫名隐身。其实,在博物馆工作的那些友人中,有好些就是管理员。

5

　　博物馆餐厅里的一个人说,亲自站在一幅原画前的那种巨大满足感是无与伦比的。他还坚称,世界上的复制品越多,原画获得的力量也就越大,有时甚可堪比圣物所拥有的神圣伟力。

　　——[波兰]奥尔加·托卡尔丘克《云游》

　　那些石窟,我们总觉得它们将一直存在,石窟里的那些塑像同样会一直存在。恒久的力量,将在它们身上得到显现。事实并不如此,一些美感与力量,一些梦想同样会在我们不经意间消散。我们进入其中之时,就发现了那已经是一些不完整的石窟。

　　进入石窟,目的就是去看那些塑像,通过那些被时间与暴力侵蚀的石像找寻时间的气息,感受它们被放置在黑暗中,或者在烈日炙烤下的微妙变化。无论在什么时间,它们都呈现着这样普遍的主题(工匠要呈现的也是我们人类普遍要面对的命题,一些工匠不曾想到的,交给时间。时间会把很多东西清晰地呈现给我们,会替那些早已离世的工匠诠释一些意义。我捕捉到了那些普遍又严肃的主题,但不敢轻易肯定自己的捕捉能力)。

惩罚与受难。那些塑像遭受了一些人粗暴的破坏,它们在受难,艺术在受难;而惩罚,是对于我们此刻出现在它们面前的惩罚。我们想要感受那种艺术的完整而不得,想看到一个平和宁静的景象而不得,只能带着唏嘘和遗憾的心情离开,并长时间受困于这样的情绪折磨。如果我们真想认真看看这些塑像,真想付出我们的情绪与感觉,那么面对它们的破碎与剥落时,痛苦与不适、唏嘘和感慨将无法避免。

痛苦与狂喜。我们看到那些塑像时,感受到强烈的痛苦与狂喜,为艺术的不完整而痛苦,为艺术的永恒之光而狂喜。痛苦与狂喜,实现了某种程度上的对等,有多少源自那些塑像的痛苦,就有多少来自它们的狂喜。它们会唤醒我内心对艺术的感觉,在这之前,我的一些感觉似乎一直在沉睡。一些塑像本身就是痛苦的,还有一些塑像本身就是狂喜的,那是塑像所要表达的主题。而怎么表达那些主题,让一般的工匠与艺术家有了区别。艺术在任何时代里要面对的困境与现实，很相似，无法被我们轻易解决。当意识到自己的平庸时，我也只能深感无奈。那些塑像上我们一眼就能感受到的神色，会在时间与风雨的侵蚀下变得斑驳陆离。痛苦和狂喜开始变得怪异，痛苦被减损，狂喜也在简化，一切又似乎平静了下来。我们有时会希望自己能真正平静下来，有时也希望能尽情宣泄和释放自己的情绪，只有释放，现实的压迫感才会有所淡化。

宁静与喧哗。塑像所处的自然环境是宁静的，一些塑像的面部给人的感觉是宁静的，那些眼睛里释放出让我们一直惊叹的纯净之光。惊叹是因为我们意识到了那些纯净目光的稀缺与不可思议。我喜欢眼前那些安静的眼睛。其中一些无论从什么角度看，都像是在与我们对视。制造塑像的人，设计了那仿佛无处不在的对视，让你会想起与一些生命所完成的对视。与那只暂时被关在保护所笼子里医治的小熊猫曾近距离地对视过，它表现出了对我们那群人的信任；与那只在树上迷迷糊糊地睁了一下眼睛的蜂猴也曾对视了那么一眼，蜂猴缓缓睁开了眼睛，又缓缓闭上，不再睁开，那可能已经不是真正意义上的对视了。回到塑像，一些像蜂猴的眼睛，或者是褐林鸮的眼睛，睁得很大，里面盛满了宁静，同样也盛满了喧哗。它们成为我们的镜像，我们是它们现实的镜像。一些人安静，一些人躁狂不已，还有像我们一样出现在那里的人群，制造着不合时宜的喧哗。我们浅薄无知，却依然高声喧哗，有时甚至会无知地高声谈论着那些雕刻艺术。有人朝我们投来意味深长的眼神，我们才会暂时静默。突然间，我们又提高了嗓门，开始关于艺术的满嘴荒唐言语。

失明的塑像。天生的失明者，雕刻者就是为了雕刻一个失明者。还有后天的失明者，有人故意凿掉了那些即便过了几百年上千年，依然清澈明亮的目光。被放置在大自然中，在清风的轻柔抚触下，在那些燕子的轻啄下，在与其他一些自然生命的对视中，那些目光竟越发明亮。它们被围起来，并被标上了"禁止触摸"的字样，那是一种拒绝，也是一种防备，同样也是一种避免它们受到侵扰的方式，它们曾受到了需要很长时间才能真正平复的惊扰。

那是在别处，有个失明的塑像，因为战争而失明，一个在呼吁和平的塑像。与有意破坏后的失明不同，那里需要一种失明的目光。一个就艺术价值而言似乎显得有些平庸的塑像，艺术化地表达"战争与和平"这样的主题总是很难。塑像失去了遥望的目光，塑像还将失去听觉，我们看到其中有个塑像的耳朵消失了。在自然的寂静之声作用下，耳朵将变得越发敏感，耳朵将会捕捉到自然界中最细微的声音，燕子搭巢的声音，鸟类之间相互喂食的声音，一只野兔酣睡的声音，一些冰雪消融的声音，甚至是夕阳坠落的声音。因此，那样的失去，是一个沉重的过程，让我们假设塑像塑造的是一个音乐家，音乐家无比依赖声音，若塑像的嘴巴破损了，就意味着声音的变形。

一些东西会消失，一些东西又会在像博物馆一样的空间里，重新被我们拾取，并再次融入我们的生命。一些残毁的塑像，你把目光放在了那些塑像上面，惋惜感是必然会有的（惋惜的是一个完整的艺术品，不再是完整的，只能以残损的形式展现着艺术之美的一部分，至少于那些塑像而言，艺术上的美学意义应该是最重要的），疼痛感也是必然会有的（这里的疼痛感与面对着那些呈现失明的塑像时的感觉有些不一样，这是因为这里艺术的残缺是由艺术美感的丧失带来的，而失明的塑像背后是沉重的主题，诸如"战争与和平""理性与狂热"这样永恒的主题）。面对着它们，你并不能真正解决什么问题，你只能从那些塑像上获取一些东西，对美感的真实理解，一种精神上的满足与宁静。长时间面对它们，你就会发现它们对你的影响。

你再次肯定，那是与宗教没有联系的。一些人肯定会反驳你：怎么可能与宗教无关呢？那些塑像本身就是宗教的一部分。我没有把它们与宗教联系在一起，我想收获的只是它们在美学意义上的部分。在那个空间里，同样可以去宗教化，让塑像回归纯粹的艺术，让雕塑家回归到纯粹的艺术家。你与雕塑家不同，你们对雕塑的认识很可能是不一样的。一位雕塑家就在你面前，你完全可以和他谈谈雕塑艺术，但你会猛然发现自己对雕塑竟如此陌生，自己将会以完全有别于雕塑本身的角度进入雕塑的世界。你们之间的对话将无从展开。只有一种可能，那就是听雕塑家给你讲述，你成为一个聆听者。

眼前的雕塑家与石窟里那些塑像的雕刻者不同，他们身处不同的时代和空间，雕塑艺术在不同的时空里呈现出来的样貌往往也是不同的。眼前的雕塑家对那些塑像赞不绝口，一种膜拜者的姿态，那是对自己难以企及的艺术的膜拜。我提到了"膜拜"，雕塑家深表同意。艺术上的一些东西是你无法通过勤奋来抵达的，你永远只能观看学习。"努力解放自己"，在那个空间之内，一些雕刻者正做着这样的努力。从那些塑像中看到，它们朝着天空、朝着梦幻伸着的手与力，它们可能是与命运抗争的一种隐喻。那些塑像无法避开隐喻，一些艺术无法避开隐喻。一些东西已经变得很不清晰，神态上面轻覆着的色调，在不断模糊着曾经的泾渭分明。我们已经分不清那些塑像上的眼神与微笑，无法准确区分曾经流过的泪水与曾经释怀的微笑。它们的神态凝固起来，不是严肃，而是各种神色的混杂与多义。

我们会失去鉴赏艺术的能力。我们以为自己多年以来，已经有了对美的基本鉴别力，已经有了较好的艺术修养。突然之间，我们（应该是我）发现自己的艺术鉴赏力并没有提高多少。

存在的慢慢消失。当那个被掏心的塑像出现在我们面前时，我们发现雕刻者完成了那个掏心的行为，塑像完成了自我掏心的行为。雕刻者在塑像的心口处凿了一个洞，洞是黑色的，心已经消失了。塑像是一个曼妙的女子，从她的面部再到整个身形，都曼妙无比。我们把目光集中在了她被掏空的位置上，都意识到了那确实是心灵的掏空，是塑像的自我掏空。当意识到如此之后，一些深意开始真正出现了。你总觉得越接近年老，肉身才越发会被掏空，可眼前的塑像是年轻的，在远未被掏空的时候，塑像就开始了自我掏空，雕刻者开始了自我掏空。雕刻者的用意，我们要深究其塑像以那样示人的用意。雕刻者早已远离，不只是早已远离了那些石窟，而且是早已远离了整个世界，早已成为那些无名雕刻者中的一员。那些无名却技艺高超的雕刻者，没有留下任何关于自己姓名的暗示。他们可能留下了，在塑像的某一角，只是塑像破损了，还有可能是在雕刻者所处的那个时空，人们一眼就能认出那是谁的杰作，塑像上早已留下了显性的指纹。只是这些可能的东西，都已经消失，认识和记住雕刻者的那些人都已经消失。无名的杰作，有时就是这样以一个群体的力量和时间的流逝完成的。你在那之前，还不曾见到过这样一个塑像。你在面对着它时，那些血腥残忍的东西都在淡化，神话传说会赋予这样一个沉重的塑像一种轻盈感。你无意间发现了塑像与神话传说之间的联系。我们感受到的震撼无以言表：那是从心开始的掏空，一种被解读为奉献的掏空行为？还是从精神、从个性开始的掏空——心已经不在了，只剩下那个曼妙的身形，一副美丽的皮囊？我们还可以从别的角度去解读那个塑像。那个塑像也可能反对阐释，只是那些保持沉默的塑像，似乎很难反驳我们对它们的误解。

塑像一直就在旷野中，它的照片会出现在博物馆里。我就是在那座博物馆里，先看到了那个塑像的照片。然后，我开始奔向旷野，朝那些真实的塑像奔去，把那种行为当作一次对鉴赏力的训练，也是对思考能力的一次又一次训练。有时，我们已经不知道该如何进行思考了。那些塑像的存在，会让我们在慢慢停住脚步后，学会重新思考。我们再次慢慢发现了一些严肃的主题，那些散落在大地之上的严肃主题。

塑像是没有生命的，尤其是沙雕，水一碰触就会消失，但艺术是有生命的，艺术感让那些塑像有了恒久的意义。当我们面对那些塑像时，它们就不再是石雕，或沙雕，也不是用其他物质制造的塑像，而是艺术。我们会把物质层面的东西忽略，好像就不曾有过那是某种物质的概念。我们首先想到的是那些塑像背后的精神意义，艺术在那些塑像上的呈现与表达。沙雕消失了，石雕也破损了，它们都很难对抗时间。当它们以破损的面貌出现在我们面前时，我们会哀叹，会感喟，有时又会释然，那些被搁置在自然世界中的塑像，早晚会损坏，我们只不过看到了它们损坏的那个让人心痛的过程而已。它们会毁于沧海桑田中的自然之力,还会毁于人手,眼前的那些塑像确实更多毁于人手。

当它们在那座天然的博物馆里不断供一些人观看时,我们希望那些人关注的是塑像即便已经残损却依然存在的美,还希望人们会关注人的破坏力,同时也能遏制自己内心的破坏欲。在博物馆里,我们可以肯定的是艺术能对抗时间。在博物馆里,它们的宗教意味变得很淡。如果在庙里,或者在天然的石窟里,它们本身的宗教意味还无法被淡化,依然会有一些人赋予它们宗教意味。我们看到一些老人进入庙宇,进入天然的石窟,跪拜祈祷,那时它们的宗教意味就很强烈。在博物馆里,它们不再是原来的塑像,它们成了照片,每幅照片下面配有一些解说性的文字。我们需要那些文字,又不需要那些文字,那些文字可能会把我们引向其他地方。我们会忘记,至少会觉得它们与宗教之间的那种联系不是很紧密。其实我们依然无法肯定。虽然我们一直坚信艺术的那种永恒的美,以及永恒的唤醒人类精神的作用。我们很自信,在面对众多的残片时,又变得不那么自信了。

一个完整的塑像,如果把它放在那个连接物质与精神的空间时,它同样多少会给人带来几分不安。面对着它的时候,如果人们想到的是自己在某些方面的卑劣与脆弱,不安就会更加强烈。如果它不是完整的,也没有被放置在那个特殊的空间,思想上的压力似乎就能减弱不少,同样让人产生不安的还有那些色彩暗淡却很明显的不完整。暗淡的不完整,我们已经多次强调它们的不完整。光与影中的不完整,有时光线的变化也会给人一种完整的错觉。完整感,让人内心猛然一颤。当发现那只是错觉后,又是猛然一颤。激动与失落,就在转瞬之间。我只能把它放在内心那个很特殊的角落里,虽然已经有太多的东西被放置其中。一切开始显得芜杂而混乱,一切急需被内心重新排列和安置,只是我并没有沉下心去完成这件事。我也真正尝试了一下,却不知道该如何才能把它们摆放得很好。有时,艺术本身并不需要齐整。艺术既是有规矩可依的,又完全超乎了我们的想象。艺术的超前总是令人费解。

那个辞职专门给建筑墙体制作彩绘的人说,自己的一些作品就是超前的,至少超前了三五年。三五年过去,一些人才开始习惯,一些人才开始意识到那个艺术门类就应该那样往前发展。我一直想要强调的是塑像的那种艺术感,那种美感,即便美感不是艺术的唯一标准。美感同样有各种各样的标准。塑像的作者已经深陷于无名,我们想象着那会是怎样的一个工匠,一个被迫无名,还是一个早就想隐姓埋名的工匠。无名的工匠意识到自己必将无名之后,会有诸多可能:可能会因沮丧而随意,塑像被草草完成,现实却是我们在面对那些塑像时,并没有感到艺术表现力的减弱,也丝毫没有发现因沮丧而产生的一些败笔。败笔可能有，只是被破坏力覆盖和掩藏了，败笔都被凿落，凿落的碎片消失不见，那是蓄谋已久的破坏。破坏那些塑像的也有可能就是工匠本人，我们能想象一个沮丧的工匠，在情绪失控之时，所产生的不顾一切的想法与破坏行为，只是对工匠情绪失控的猜测，并没有任何道理和可能性。那些工匠应当早已适应了当时的情景与氛围，即便是在无名的困扰下，他们依然能平衡自己的内心，保持自己对艺术的那种孜孜以求。这样塑像才会展现出那种惊人的美，并且多年之后，它们的美依然。我们在那些塑像上看不到工匠受情绪折磨时产生的波澜，现实又真是如此吗？

当我们面对着每个塑像，以及每个塑像背后的工匠时，都会对自己的感觉产生一些怀疑。倘若我们成为怀疑主义者，似乎就对了，至少我们要随时对自己的存在存疑。塑像，应该由一群无名之人在那个空间合作完成，他们应当是同一种人，一群对艺术有着一样的认知与激情的人。他们早已不为声名所累，因而变得更纯粹，只需要静静地雕刻着那些塑像。我更倾向于是他们主动选择了无名。

6

在随后的一些年月里,基本上每次去伦敦,我都要到奥斯特利茨那个离不列颠博物馆不远,位于布卢姆斯伯里区的工作场所拜访他。

——[德]温弗里德·塞巴尔德《奥斯特利茨》

小酒馆成为一个理想的空间。发现那个小酒馆时,我刚刚从博物馆走出来,一些思绪还未平复。博物馆离那个小酒馆很近。小酒馆里有着诸多陷入生活庸常的人。在疲乏中,人们需要借着酒来解乏,同时借着酒和喧闹对抗孤独。有时,像赫拉巴尔一样,我们进入那个小酒馆是为了交谈。小酒馆是最适合交谈的地方,我们可以在里面谈论现实生活中小小的幸福带来的兴奋万状,也可以谈论现实生活中的一些低沉与感伤。我们进入小酒馆。我们经常光顾小酒馆。我们都明白小酒馆里有着我们普通人共有的平凡故事，有我们一起分享的小幸福，也有我们急需相互倾诉、纾解的情绪。我们成了众多平凡之人中的一个。

咖啡馆也是一个理想的空间。那是在了解到自己喜欢的作家经常出现在咖啡馆后，一种爱屋及乌式的喜欢。博物馆同样离咖啡馆很近。那时，摆在我面前的是从这二者中选择一个，来安放自己的内心。咖啡馆与小酒馆多少有一点点不一样。小酒馆需要一些人，一些人也需要借助酒来缓解和释放疲惫。小酒馆的氛围适合放松，人们在里面可以无拘无束。在小酒馆，我们更多时候能看到自己；在咖啡馆，一些东西还是被隐藏了起来，我们会在那种氛围中成为另外一个人，变得严肃而认真，变得安静且专注。虽然这么想，最终我还是选择了咖啡馆。博物馆给人的一些感觉还未消散，咖啡馆成了接续那些感觉的空间。博物馆适合安静，咖啡馆同样适合安静，也适合回忆，适合一个人品味孤独，还适合一个人阅读、写作与思考。

我又想到了那些存在主义作家，他们出现在咖啡馆，写下对世界与现实的理解。那时，就只有我一个人，没有人与我完成对谈。一些人会在咖啡馆里思考存在主义，一些人会在咖啡馆里写着用想象对抗现实的小说。有那么一些人，不知道他们对存在主义有着怎样的认识，是不是和我一样，对存在主义的认识总是模棱两可。

小酒馆和咖啡馆,有时它们都是艺术的空间,布局讲究,出现在里面的除了年轻人,还有一些老人。他们的身影里多少有一些艺术因子。它们在那个古旧的街道上缓慢地飘荡着,它们在那个古旧的街道上就像人们手中擎着的烛火,在风中摇曳,随时会熄灭。幸好有灯罩,那是马灯。人们会拿着马灯,在那里停驻很久。他们中的一些人熟悉那个空间,另一些人不熟悉,在不熟悉的环境里往前走着,穿过了那座城楼。那个地方很隐蔽,人们在那种古旧的气息中嗅着咖啡的味道,嗅着酒的味道,只是一些花的气息把这些味道覆盖了,仿佛只剩下了浓烈却淡雅的桂花香。花的气息背后是季节的信息,进入其中的人其实并不在意桂花的气息。真的能不在意吗?桂花的气息太浓郁了,覆盖了其他各种花的气息,也覆盖了那些喧闹的市井气息,下水道刺鼻的气息,以及不远处河水里刺鼻的气息。

人们从城楼里往回走,回到了那个很容易就会被忽略的咖啡馆。我忽略了,在那条街上来回走了两趟后,才找到了它。咖啡馆在一个老旧的房屋里,那是艺术的空间,理想主义者的空间,有时更是那些富有小资情调之人的空间。我进入那个空间,只是短时间地进入,里面放着一些我喜欢的书,保罗·奥斯特的书——近乎不可思议的存在,里面的很多人并不知道他,但在那个很小的空间以及很少的书里,竟有好几本保罗·奥斯特的书。他最有名的那几本书都有，关于知识分子，关于身份，关于消失，关于城市中的孤独与孤独所创造的一切，关于太多值得思考的事物。如果你内心深处有着与保罗·奥斯特相契合的东西，那条大街是不是也可以叫"第五大道"，那条大街上是不是也弥漫着一些布鲁克林的气息？至少在大街上行走着与他的小说人物相类似的一群人，他们被生活挤压着，不断变更着自己的住址与工作，不断与焦虑不安对抗。一条古老的街道，上面的生活气息浓郁，有一些小食馆，还有一些把菜放在地上卖的老人。你从一个老人面前经过，又从另外一个老人面前经过，菜的价格便宜，让人莫名心痛；从一个小食馆前经过，又经过一个小食馆，你要经过古老的城墙与门楼，展开关于历史断片的联想。

你想起曾经有位作家写到了那个门楼附近有一个画家，画家的踪迹全无，可能隐藏到了街道的更深处。画家已经不知去向。出现在那条街时，我首先想到的是那个不曾见过的画家。画家可能就不曾在那里出现过，很可能只是那位作家的虚构。虚构会诱惑作家，作家也无法拒绝虚构。那种虚构的冲动，我现在深有体会。那些古旧的建筑里，也确实适合放入一个极具艺术感的人，那就放入那么一个人。咖啡馆里也适合放入一些艺术家，那就放入一些艺术家，还是一些中年或者老年艺术家。我扫视着咖啡馆里的人群，发现都是年轻人，情侣居多。你无法肯定那里面就没有艺术家，艺术家不分年龄。你触摸着城墙与门楼，摄影师还叫你把头仰起些，看城墙与门楼，你看到的却是湛蓝的天空。博物馆里有关于城墙与门楼的文字和图片，一些古老因而更具时间性的黑白图片，于是生活气息淡化些，城墙与门楼的古老凸显些。

你想起来，在博物馆里看到的作为城墙与门楼背景的天空并不是湛蓝的，它因为黑白而变得潮湿，因为黑白而变得不可捉摸。城墙与门楼，又一次成为背景，成为在那里生活的人的背景，成为地理坐标。多少人已经无暇顾及城墙与门楼在时间中经历的风雨飘摇，一切都被淡化，一切都是轻的，历史的轻与重，人类命运的轻与重，多少感同身受的命运令人唏嘘。当我们把残存的城墙与门楼看得很重时，它们成了残存的文物。如果我们不再把它们看得很重的话，它们就会消失，太多的拆除发生在看待世界的轻之上。很多时候，我们无法把握世界的轻与重。不同的人对轻与重的认识也不一样。当我一次次出现在城墙与门楼前时，似乎只看到了城墙与门楼于我而言的重，其实，在那里我还应看到一些现实的重。那些来来往往的人，他们中会有很多与我相似的人。我们生活在这座城市的边缘，让自己的生活在平庸中变得越发普通。你就在城墙与门楼附近徘徊，想用自己的方式建造一个以城墙与门楼为中心蔓延开来的空间，你的身份意识开始变得无比强烈。为了历史与记忆？

似乎不是。你是单一的,你是简单的,这同样也是让你羞愧难当的。为了其他,为了人的身份的单一与复杂。在那样的情境下,你找到了那个咖啡馆。一个由古老低矮的房子改造成的咖啡馆。房子上面低矮茂盛的草没有人去打理,也许是有意不去打理,为了营造某种氛围。如果那个空间里还放着一本约翰·契弗的书,将会更符合你对一个艺术空间的想象。

只是保罗·奥斯特与约翰·契弗不同,保罗·奥斯特应该喜欢那个咖啡馆,而约翰·契弗喜欢,或者严格来说,习惯的是监狱。这样的不同也只是我的猜测。要说约翰·契弗与监狱之间的联系,很可能只是工作上的联系,如果说喜欢,他应当只会喜欢那份工作,但我们现在想想还是觉得有些不可思议。在现实生活中,很难想象会有人去给犯人讲授如何写作。我们会觉得这是对现实的讽刺。除了约翰·契弗外,《清洁女工手册》的作者露西亚·伯林,同样也曾是监狱写作教师。监狱写作教师,不单是一个黑色幽默式的身份,它意味着要实实在在地面对着那些身处迷茫困惑中的普通人,当面对那些迷失的灵魂时,这个身份恰恰是对文学于人的唤醒柔化作用的肯定。只是我无法肯定他们在面对犯人时,是否会对自己的职业感到自信。监狱是坚硬和冰冷的,但至少他们两个的写作是温暖而又色彩斑斓的。

无论是保罗·奥斯特,还是他们,都需要一个宁静的咖啡馆。

眼前的这个咖啡馆里摆放了那么多保罗·奥斯特的书,我们能感觉到咖啡馆与那些书之间的奇妙联系。我随手拿起一本,是《幻影书》,然后又放下。其实那里也适合放一本约翰·契弗的书。咖啡馆就不会是冰冷的吗?咖啡馆也会冷清和冰冷,当阳光还未照进咖啡馆,人们还未进入咖啡馆时,就是这样。

店主打开了冬日咖啡馆的门,一股冷空气从店主的脚边卷裹进去。当阳光穿过房檐上的杂草落入局促的天井时,咖啡馆给人的感觉渐渐温暖起来。我们暂时不去谈论这些作家。你想成为像他们一样的人,并不是希望拥有像他们一样的人生,而是希望自己能像他们一样写出一些真正的作品。咖啡馆背后是苍山,山上堆积着厚厚的一层雪,苍山上已经下了至少两场雪。一些人在咖啡馆外面谈论着苍山上的雪。当人们进入咖啡馆之后,那种谈论的声音似乎即刻消失了,人们从关注外部世界转向关注自己的内心。有一些人在咖啡馆拍摄视频,应该是电视台在进行采访,拍摄者不断让那个人走出咖啡馆,又重新进入咖啡馆,不断让他拿起保罗·奥斯特的书,又不断放下。我真希望那个人能注意到那是保罗·奥斯特的书,但从那些仓促的行为可以看出,他应该没有真正注意到那是什么书。他们去了二楼,继续进行拍摄。

我不去关心他们究竟谈论了些什么。我继续享受着咖啡馆中宁静的时刻。即便对面有人,还不止一个,但大家都意识到那个空间需要的是寂静，就如同苍山上的寂静，苍山上的那些雪所给人的寂静。

依然是"冷寂"的感觉。监狱同样建在一座山的山顶上，与苍山遥遥相对，监狱所在的山上很少会下雪。我与监狱里的人谈起了苍山上的一场雪，我们同样也谈起了苍山上的一场火灾，许多人参加了灭火，直升机从洱海里运来了好些水，一桶一桶朝苍山浇着。我们面对苍山时的感受，还是不一样的。苍山，更多时候是在心理和情感上对我们产生影响。我们需要一座苍山。"最后的一部书应该是写——山。山，一个包罗万象的对象，一个像宇宙一样空无的对象——一座山——它最能挑战一个写作者的野心。"（耿占春《退藏于密》）在咖啡馆和监狱里，很难见到苍山，更难见到的便是苍山上的雪。

那些出现在咖啡馆的人与教犯人写作的约翰·契弗不同，他们拿着手稿，选择了那个空间。那是一些保罗·奥斯特式的面孔，他们只面对自己，而不像约翰·契弗那样面对犯人。严肃与荒诞。其中一些人陷入沉默，一个又一个人拿着手稿进入咖啡馆后，竟陷入了巨大的沉默中。我听不到他们的声音。我在那里时，他们默默不语，他们用缓慢变化着的神色交谈，我只听到了他们把手稿撕碎的声音。我们发现了一座关于手稿的博物馆，那些手稿被放入橱窗。

我想起了另外一个关于手稿的空间，那是"退稿图书馆"，里面放满了无法被出版的手稿。一部被出版人从中精心挑选出的手稿，出版后用的是异名，成了畅销书。一个看似可能的作者，那是一个生活普通得与文学或文字完全扯不上联系的人。一些人开始陷入这部本不可能出版却已经在出版过程的书里，一些谜慢慢被揭开，一些人的生活被打乱，一些家庭与爱情被这部书扯碎。最终，我们才发现那只是一次精妙的策划而已。

我们在博物馆里看到的并不是类似的书稿。那都是名人的手稿，里面有好些就是杰作。我们看到了在狱中写给自己儿女和妻子的一封信，饱含的深情与绝望让人心碎。我试着读了几句，才发现里面还有一段是写给自己父亲的，他让自己年迈的父亲保重身体，并坚信父亲会支持他、理解他，自己终要义无反顾地为国家和民族的前途而牺牲自己年轻的生命，句句啼血，不忍卒读。我们中的一些人在不禁哀叹的同时，也忍不住眼泪的滑落，我们再次变得柔弱敏感。那些失去多时的敏感在那个空间里再次回来，一些东西被那些手稿唤醒，干涩的眼睛因泪水的涌现而舒服了一些。我们有意掩饰着泪痕。

如果手稿是奥拉西奥·基罗加的《爱情、疯狂和死亡的故事》，那么手稿里面将有着太多的死亡，让人怜惜又让人毛骨悚然的死亡。里面同样会充盈着一种诗意化的温情，特别是那些拟人化寓言化的动物故事，那些发生在森林中的故事，那些发生在热带丛林中的关于动物的故事。它们既是动物性的，它们又不是动物性的，反而是人类的残暴有时更甚于动物。一些深受爱情折磨的人，经历了多少四季，一些恋人已经老去，一些爱情依然存留，而一些爱情终究是有始无终，留下遗憾。热爱自然与森林的人，只有在自然中，才能被治愈。人与别的生命互相慰藉。特别是那些写给女儿的童话，体现了人与动物、动物与动物之间的相互关系，善良消解了人与动物之间的那种紧张而相抗衡的关系。空间对人的作用，白色所带来的寒光与冰冷。生命，死亡，感受死亡。沼泽，热带，蜜蜂，食肉蚁，昆虫，死亡，麻痹，荒诞，残忍的故事。那段时间刚好在阅读基罗加，这只是他的书给我留下的印象。

我能肯定的是，在那座手稿博物馆里，不可能会遇到基罗加，要想遇到基罗加，只能去图书馆或者书店，或者书房。书房里的人喜欢基罗加。书房里的人也可能是无意间购买了基罗加的书，这本书在书房里摆放了很长时间，上面落了一些尘埃。他轻轻地拭掉尘埃，开始阅读，重新发现了基罗加。

还有一些手稿是书信。书信出现在很多空间之内，书信里的情感浓度与其数量对等。书信中谈论的是文学与艺术、人生与命运、理想与信念、理性与狂热、思考与独立……他们近乎狂热地谈论着这些话题，一些人用这些话题来抵抗饥馑，互相把对方从迷茫与绝望中拖拽出来。他们可以谈论这些貌似宏大的话题，他们活在一个可以让"大词"拥有真正意义的年代。

看手稿和看印刷物是不一样的。在幽暗的博物馆里与在明亮敞开的空间里也是不一样的。面对着那些手稿，我努力克制自己想要认真读它们的冲动，那些手稿的内容就像是一面又一面的镜子，把内心幽暗与阴冷的部分反射出来，我看到了卑微渺小的自己。我知道无法克制住自己不去看那些手稿。我无数次一个人偷偷出现在那个空间里，是为了那些手稿，以及那些手稿背后一个又一个高贵的灵魂。那是我个人的秘密。当我在那个空间里还看到了另外一些人时，才意识到为那些手稿着迷的不止我一个人。

7

图书馆和博物馆已经被塞得满满当当,里面有成千上万的杰作。这种巨大的财富挑动着我们的野心。
——[美]索尔·贝娄《太多值得思考的事物》

博物馆在图书馆附近。图书馆和博物馆适合建在邻近的地方,里面都放了一些杰作。这些杰作会影响一些人的人生与命运,会让我们清醒和自卑。我在图书馆里借阅了一本关于博物馆的书,然后进入了博物馆。许多人进入了博物馆,却忽略了一些杰作,我在不知不觉间,也忽略了很多杰作。有时还会遇到尴尬的情形:自己以为的杰作,结果却是平庸之作。在图书馆和博物馆,才发现一些分辨和判断的能力已经滚落于幽暗的角落,却无力把它们拾起来。

博物馆和图书馆，杰作堆积之地。有很多已经被时间证明是杰作，特别是博物馆里的许多文物。图书馆里则鱼龙混杂，其中有好些就是当下异常发达的出版业制造出来的平庸之作。在图书馆里，我们会产生"什么是杰作"的疑问。我出现在图书馆，里面没有多少人。我出现在博物馆，这里同样人影稀少。空落无人，可能是一种常态，也可能是我出现时恰巧是这样。有几次，我看到一些小孩出现在博物馆。那几次，我是来接女儿的。来得最多的竟是小孩，这让我的心绪莫名复杂。那是最近一次，女儿刚走出博物馆，就跟我说等有时间再带她去博物馆看看，其中一个展馆她还没有看完。听到女儿表达这样的渴望，我真是感动不已，那同样是莫名的感动。女儿其实什么都不懂，我让她把在博物馆里看到的东西跟我说一下，她说基本都忘了。她不断出现在博物馆里，是为了有朝一日能记住些什么吗？每次我去博物馆接女儿时，她都异常兴奋和激动，那是刚参观完博物馆时的心情激动和意犹未尽。那些小孩被大人陆续接走后，博物馆里就没有多少人了。

出现在博物馆中的一些人，沉浸于特殊的时空感中。如果说很多人出现在博物馆里只是为了看那些残碑，这样的可能性很小，只有很少人会有那种渴求，比如一些研究古碑的人。那些散落于苍山中的古名碑，基本都被移到了博物馆的碑林里。那个人惊诧不已，他不曾想过，他只想过在苍山行走时，会在某处遇见一块珍贵的古碑,然后在别处又见到一块。只有不断行走,才会遇见那些古碑。在每块古碑前停下,让时间慢下来,再次进入时间缓慢的那个维度。此时,他面对的那些古碑,里面有好些是他在那些山野中到处寻找却又寻找不到的古碑,顿时他变得手足无措,竟迷失在了碑林中。我有意去看碑林。一些人对之熟视无睹,人们似乎并不知道什么是杰作,或者杰作对我们情感的介入日益式微,二者割裂开来,久而久之,杰作的光芒便暗淡了。图书馆里的那些杰作,你有时间就可以翻看触摸,而博物馆里的那些杰作,往往禁止触摸,禁止拍照,你只能付之于眼,付之于心。

我们进入的是一个有序的空间。按时间排序,仔细聆听,时间的声音一直回荡着,在人的内心产生一些回响。不同的人将听见不同的声音,世界将会借助这些人之口,开始喧闹起来。只是我们所希望的喧闹,暂时并没有发生,依然只有很少的人,有时就只有图书馆管理员,有时就只有博物馆管理员,他们沉默着。他们人生的一部分,就在百无聊赖的孤寂中完成和重复。他们依然重要,会对一些人产生影响,与那些杰作的作用相似。我曾被小城里的图书馆管理员影响着。那时我们更多的不是受杰作影响,而是受杰作旁的人影响,是守着那些杰作的人。

我想起了另外一个特殊的图书馆管理员对一个男孩的影响。男孩和老人所处时代的特殊,让那种影响的产生变得惊心动魄。那是一个喧闹甚于沉默的年代，而老人和男孩之间更多时候是沉默的，那样的沉默与我和图书馆管理员之间的沉默很相近，但还是有些不同：男孩眼中的老人所受到的现实的冲撞与挤压更强烈，老人本应该成为其他人，但男孩认为老人应当拥有的一切身份老人都没能拥有，或者说老人那时已经接连失去了很多身份，最终老人成了一个平凡的图书馆管理员。老人管理着那些书籍，它们没有读者。当一些人陷入狂热与喧闹时，男孩对书籍的渴望，让他变得与众不同，他成了最独特的那个人，成了出现在老人面前的第一个读者。像老人一样的人很多，他们本应拥有不平凡的人生，本应在某些领域做出别人无法替代的成绩。男孩发现了老人的特别之处。男孩最终成了真正与众不同的人，甚至拥有了老人本应该拥有的艺术家身份。

我出现在图书馆时，看了看四周，没有人，不知道那是巧合还是其他，偌大的图书馆里，竟没有多少读者。我在面对那个图书馆管理员时，竟强烈地感受到一个很普通的图书馆管理员让我的借书和阅读行为，变得不再那么普通。我和男孩对阅读都有着难以名状的狂热。老人用他的人生与命运影响着男孩。图书馆管理员用他的行为，让我直接来到图书面前，感受着一排又一排图书的视觉冲击与直接影响。

我与图书馆管理员并不熟悉，对他的人生与命运几乎一无所知，甚至连他跟我说的是普通话还是白族话都已经想不起来了，那就让他在记忆中说普通话吧。普通话在当时的小城里很少有人会说，这也意味着我在他身上覆盖了一层命运的迷雾。他的人生一直就是个谜。我唯一能肯定的是，来自他的影响将一直持续着。老人对男孩的影响也持续了将近一生。少年与老年，这只是年龄差异。少年与老年的友谊，在某些时刻，似乎更加牢固。不知道博物馆里有没有类似少年与老年这样的友谊。时间并不能把一些东西从精神与身体里剔除，反而让它们深入骨髓，融进血液。如果有人对那个图书馆管理员熟悉的话，他将一眼看出我身上与图书馆管理员相似的地方。我们的沉默，我们的安静，我们会在一些时间里沉浸于阅读与思考。

博物馆管理员同样也可以以他们的方式对一些人产生影响。他们引导人们进入博物馆，进行美的启蒙，让人们认识时间。我的女儿不断出现在博物馆里，无疑也会受到美的熏陶。女儿发现了一些美，她说在一个展馆里，看到了很多民族服饰，有各种各样的色彩。那些色彩会出现在女儿的梦中。博物馆管理员对文物产生影响，文物又反过来对他们产生影响。文物被摆放在那间房子里，随意地摆放着，它们还未被放到博物馆。那些刚被修补一新的文物，并没有那种长时间不见天日之感。它们对文物修复者的意义与对考古学者的意义不一样，也应该不一样。二者在有关那些文物的谈话中，侧重点不一样。文物修复者的注意力放在了文物的残损上，而考古学者把注意力放在了文物背后的时间上——用文物来佐证时间,他们更看重的是时间的长度。其中一个人指了指其中的一个文物说,这属于新石器时代,又指着另外的文物说,它们属于其他时代。他们不断强调着时间。我想打断他们,我看重的是艺术感。我没有打断他们的任何理由。他们同样看重它们的艺术感,每个时代都有其独特的艺术风格,他们用风格来反证文物所诞生的时代,除非它们是一些赝品。首先要证明它们不是赝品。赝品有时会迷惑人。赝品不会迷惑那些考古学者,他们无法忍受赝品的存在。当然这也是悖论,一些考古学者同样会把一些真品忽略,他们总是面对着一片迷雾森林。博物馆中的那些仿品,可以被定义为赝品吗?这个问题只存在于脑海,不曾被我说出。那些仿制品存在的意义与那些赝品是不同的。当然,真实同样是文物艺术价值不可或缺的部分。那些在博物馆工作的人,很快就发现我很外行。我们的理解可能最终都无法交会,一直都平行地存在于各自的空间,貌似距离很近,实则非常遥远。

有一段时间,图书馆被拆除重建。重建的过程很长,那段时间,我们只能在那个小城博物馆里见到图书馆的影子,以照片的形式。小城博物馆一下子变得芜杂,里面摆放着我们能想到或想不到的旧物。一些书被堆放在博物馆里。写着"图书馆"字样的牌匾,被人收了起来,也放入博物馆。那些字并没有坠落在地,被别的废弃物所覆盖。废墟之内用水泥,或者是别的材料制作的东西躺在了泥淖之中。我打着一把破烂的雨伞,遮雨效果不是很好,我不是有意拿那样一把雨伞,这无心之举让我与那个环境有了一种奇妙又感伤的契合。一座图书馆被拆,总会让人产生一些无尽的复杂情绪,我们会莫名伤感。当我们意识到图书馆必然会被重建时,那种沉重的感伤又淡化了一些。

图书馆的搬迁,发生在记忆的不久之前。图书馆成为废墟,发生在记忆的很久以前。时间在这里呈现出某种诡异的特质,会让一些记忆变得很清晰,又会让一些记忆变得很模糊。很少有人去关注图书馆的重建,人们纷纷被图书馆以外的世界吸引。对图书馆的抛弃与摧毁,也是对思想的抛弃与摧毁,思想如废墟之上随着一阵风袭来的纷纷扬扬的灰尘。那个人说他偷偷地(其实,最终他才发现,即便明目张胆地进来,也不会有人去关注他,再次强调:人们的注意力早已不在图书馆上面)进入了已经被遗忘的图书馆。要注意这个细节(我是在后来才注意到这个细节的):他是一个人,孤身一人,自始至终孤身一人地进入那个很旧,并且在不久的将来会彻底消失的建筑。后来那里重新建起了别的建筑,但只是住人,而不是用来装图书的,更不是用来装思想的,里面最多只会住着为数不多的思想者,无疑,那是一个真正的思想者稀缺的时代。后来图书馆被重建,只是一些思想早已发霉,沉入地底。那个人早已变老,只能依靠记忆活着。他说,当他看到众多思想者被遮蔽覆盖时,不禁泪水涟涟。如果一些人看到了他感伤的样子，定会露出鄙夷的神色。他对鄙夷的神色很敏感，他庆幸那时自己是一个被遗忘的世界里被遗忘的人。他没有遭受任何鄙夷，最多只是被忽视。他在静静地沉入世界的同时，在不断流泪的同时，也在不断搜集着泪水，担心如果某天真正面对着彻底消亡的图书馆，以及那些彻底埋于地下的思想者时，自己早已没有了流泪的能力。

他说，自己要祭奠的是思想的堕落与思想者的被忽视。孤身一人从沉默之门进入其中，然后再从沉默之门出去。沉默之门内孤独而怪异的灵魂，也是沉默的。最终少年成了老人，两个人都进入了沉默之门。他们都觉得，只有进入那个沉默之门，至少才能拯救自己。那个被忽略的废墟里住着一个老人，那个少年在避人耳目后与老人相遇，那个相遇的过程让少年感到有些吃惊。老人一开始只是瞅了他一眼，就继续去整理那些已经撒落一地的书籍了。少年默默地跟着老人整理那些书籍，直到那个沉默之门又开始接纳人，人们又开始有意识地涌入其中。

在图书馆管理员的沉默中，我至少是一个正常的阅读者。一些废墟被重建，或新建。在图书馆原来的位置上，重新建起了一座博物馆，从严格意义上说是一座方志馆。方志馆与博物馆在实质上是不同的，但它们在一些方面又很相似。方志馆旁边还建了一个阅览室，里面有一些小孩在翻阅图书。我带着年幼的女儿进入其中，我们翻阅着一些民族古老的创世神话和传说，我沉浸其中。我看到很多民族都有洪水神话，一切被冲毁，人类重生，语言和文字诞生。一些文字记录在牛皮之上，有个民族的人饥饿难耐，在重生的路上把它煮食了。这个民族只有语言，没有文字。女儿随意翻了翻那些书就拉着我走出了阅览室，她要在阅览室外面喧闹宽敞的广场上玩耍。

8

我至少在塔希提岛植物园内的高更博物馆里领略了《我们从哪里来?》这幅画的大小,这里挂了一幅一比一的复制品。在画的正中央,有一个雌雄同体的人伸手在摘树上的果子,很难说这是在象征什么,画里还有其他的象征元素。

——[英]杰夫·戴尔《哪里?什么?哪里?》

把自己放入一个封闭的空间。那些人不是有意如此,我是有意如此。我对他们身处于那个空间时的感觉很好奇,对他们的身份也很好奇。尝试着进入一个地下世界,那是地下空间,里面有一些刺鼻的味道。漆黑的空间,下到二十米处就已经伸手不见五指,有五十米深的矿洞,甚至有深度超过二百米的矿洞。矿洞像门，如果是一个矿工，他将嗅到更加浓烈的死亡气息，在那个地下世界，死人曾经是很寻常的事。那些制造假象的死亡现场与塌方造成的死亡事件，如果不是被人讲述，我都不会相信。讲述人，同样也是在复述另外一些人的讲述，讲述已经变得亦幻亦真。我们很可能进入了一个虚构的世界。我不会虚构，只能把那些话再复述一遍。人们开始擦拭身体，在最短的时间里，把一切与地下世界、与煤矿有关的东西都抹掉。

死亡的真实已经不再那么真实。尸体再次经历了死亡。是一起车祸，摔下悬崖，摩托车作为工具，悬崖也成了工具。讲述者说，没有人会怀疑。这已经不是过往的那个地下世界。那个地下的空间暂时被封闭，里面的一些煤矿已经被掏空，也有一些煤矿还安静地堆积着煤炭。人从地下空间里退出来，退到了安全之地。又有一些小动物进入了地下空间，于它们而言，那里成了安全之地。当人从其中退出来之后，那个布满危险的空间，发生了近乎极端的蜕变与转换。

那个从地下走出来的人，是一名美术老师。他只是到那个地下世界里感受了一下，他与里面的人有过一些接触，其中一些还是他的朋友。现在，他在城市里的一所小学任教。在乡村教书时，他不只是美术老师，同时还是音乐老师，还教其他科目。在那个乡村时，他一直在画画，画了很多画，经常带着学生去大自然写生。他的画我一开始是在一个美术摄影展看到的，那次展出来的有好几幅。我还去过他家里，看见了更多的画。他的画里面有太多乡村的影子，却很少有着城市的建筑。他画了一座建筑，一座博物馆的样子，博物馆在自然之中，在一片白桦林里。博物馆与平时在城市里见到的不同，至少在视觉上不同。他很少画那些凋败的矿井，一些经验与事物在他的画里是缺席的。一开始我们无法理解画上的那种空白，现在又好像理解他了。那是秋季，白桦树的叶子开始凋落，金黄的叶子落满一地，树干笔直消瘦。当他不再是一名乡村教师后，他离那个世界似乎已经很远了，离那木质的、自然的、让自己的感官变得无比敏感的世界已经很远了。对一个热爱画画的人而言，也意味着离开了为他提供丰富素材的世界。他的离开，就像是为了避开那个世界，一个随时会给人留下回忆的世界，一个有着无比美好同时也有着无比悲痛的世界。一些回忆会消失，一些空间会消失，当那些矿井被封存，一些草木再次长出来后，一些东西消失了，至少是被遮蔽了。

另外一个从矿井里出来的人，是真正常年在矿井中工作的人，去往更大的城市，成了一名作家。他先是成了一名记者，一名曾经报道过矿井事故的记者，然后成了一名作家，写下了很多关于矿井的文字，里面充满了对死亡与麻木的恐惧，对自由与尊严的渴望，对逃离黑暗的灰尘密布的地下世界的渴望。他通过阅读与写作离开了矿井，只是从他的大量文字里，我看到的是一个精神上不曾离开那些矿井的人,那些在矿井中的日子将困扰他一生。在他的记忆里,矿井里面,死亡随时都有可能发生,生与死的距离太近,仿佛一不留神就会跨过生的边界——死就是生的边界。现在他回到乡村,那个离矿井有点儿距离的地方。每天在写作之余,他会不断出现在森林中,看枯断的树枝和下在森林里的雪,还经常去看日落。他总觉得自己是一个落日采集者。那种采集过程,同样暗含着一些悲情的意味。他认为,追逐落日时的自己,可以说是最自由的。他记录下自己在面对自然与落日时的心旷神怡,那是在这之前很长一段时间里都不曾有过的舒适。自然的细微变化,他都捕捉得到。在自然中,特别是在那些人迹罕至处,他感受着世界的静谧与干净,他在那个世界中运动,或者思考。

还有其他一些离开了矿井的人。其中一个是木匠,将再次成为木匠,再次嗅到木屑的气息,再次面对一片森林,在自然中找寻合适的木材。与矿井不同,与矿井里弥漫的死亡和对未来的绝望与忧惧不同。在矿井中,强烈的不安带来的是对生命与光明的渴望。木匠经常要做一些棺材,这是以另外一种方式面对死亡。当他准备给自己做一具棺材时,那个村落开始实行火葬了,他无比伤心。这时就需要制作陶器的工匠了,因为要用陶器来装骨灰。他见到了裸露在外的众多陶罐。已经过了很长的时间,那段模糊的时间里,在那个乡村,同样实行火葬,有个地方还以"烧尸骨处"来命名。很多人在那个地名所指称的世界里不断挖出陶罐,其中许多被锄镐击碎,一些水流淌出来,骨灰成了腐水,流到土壤里,瞬间消失。只是现在,那里已经没有制作陶罐的工匠了。

见到那个木匠时,我悄悄地把目光移到他的手上,又悄悄地移开。木匠有一个断指。对自己的断指,木匠接受和适应的过程很长。那是他最接近死亡的一次,好在那个小小的事故并没有影响到性命,断指也没有影响他成为远近闻名的木匠。断指的起因,是他想制作一个木质的东西,这早已注定他要成为一个木匠。断指只意味着少了一小段触摸世界的距离。木匠不会刻意跟人谈起断指。现在也已经很少有人会把注意力放在他的断指上面了,人们已经忘记了断指。断指的人成了一个木匠,一个无比依靠手指的艺人(隐隐听到反驳的声音,哪个手艺人不依靠自己的双手)。并不是所有的木匠都是断指,在那个世界里,只有他是断指,因此与众人有了区别。人们一眼就能认出他雕刻的门窗。门窗上有着断指轻轻触碰过的迹象,那是我们很难发现的。我们只能通过想象来体会一个木匠对自己亲手创造出来的世界的迷恋与自豪。我能感觉到他是自豪的,一种属于工匠的自豪。

地下的空间,类似于某种地下的博物馆,里面放置的东西,将被大量的粉尘覆盖。那个人喝了好几杯酒,继续转述着那个地下世界曾发生过的事情。我依然在怀疑，那可能是杜撰的、虚构的，也可能是真实的。你很难分辨转述的真与假。他嘴里的地下世界，一直以来，你只是听说过，或者只是在一些影像资料里看到过。他的表情似乎又在表明，确实曾有过那样一个世界，发生过那样一些事情。矿洞已经被封闭，地下世界，真成了一个封闭空间。那个封闭空间可能已经被泥土和废弃物填满，可能已不再是空间。但据说有一些人还曾在夜间偷偷开采它里面的煤炭。

我们在地上世界里，谈论着那个可能与不可能的地下世界。我们谈论的是黑暗，我们谈论的是粉尘，我们谈论的是时间变成的煤，我们谈论的是煤的质量。物质主义在煤矿之上体现得淋漓尽致。当还有一些偷煤的人出现时，我们谈论的是欲望与生存。其实都是他一个人在给我们讲述，就像讲述着很久以前的事情，我确定了一下，我们的年龄相近。这些都是我所不熟悉的。讲述者对这些都很熟悉，熟悉得就像提到的所有事情，他至少都是目击者，甚至可能还是参与者。事实上，他二者皆不是，他只是在转述，甚至只是在虚构。那个氛围适合虚构。我们对那个地下世界充满了想象。类似凡·高一样的人应该出现，他将画下那些矿工的身影，将画下地下世界里浓重的黑暗与矿灯的摇曳，将画下在地下世界里不断朝太阳伸着、长着的趋光的向日葵，还将画下如地下世界一样浓黑的乌鸦黑压压地从矿区上空飞过。只是在他的转述中并没有这样一个人出现，可能出现过，但是被我忽略了。艺术在那个空间里微不足道，艺术的廉价与那个空间里充斥的暴力，都足以让艺术之光消失于黑暗。其实那个人早已出现，就是他自己。他最初就是美术老师，一个对艺术真正热爱的人。如果他曾在那里生活过，应该还会画很多画。我跟他提起他是美术老师的事实，他说其实很多时候"美术老师"并不能说明什么。我认真思考，似乎也真是如此。

在那里，或者在类似的世界里，一些人追寻着艺术之光，比如给我讲述的他。只是多少让我感到遗憾的是，在他的那些画里看不到矿洞的影子。有时，我好像又明白了他故意让一些物象缺席的原因——它们隐藏在暗处，一直在。在不断描绘大自然之美的同时，也是在自我治愈，他需要很多美的东西来填补内心的虚空。我们知道凡·高与矿区之间的联系，还知道一些专门以矿区为题材的作家，他们在作品中呈现着自己作为矿工的经验与感受。与那个转述者不一样，他们的艺术抵达的是完全不同的空间：一个是体验者，真实，非常态；一个是旁观者，非真实，同样非常态。画家画下了常态中的非常态，作家同样如此。而转述者要突出的部分完全不同，是生命被轻视。我们能反驳眼前的人，说他是冰冷的人吗？其实我们并没有评价他，哪怕只是在内心短暂地评判。我们开始把话题引向别处，我们多少还是无法适应那种对生命的轻视，生命轻如蝼蚁的感觉竟会那么强烈。

  我看了看那片废墟：没有任何人，植被稀少，一些穴居生命在闪现或隐没，它们突然被我惊了一下，它们应该是好长时间没有见到人影了。我又开始发挥想象：众多的人影出现，人们对那里深藏的煤炭趋之若鹜，无暇顾及那些生命。其中既有穴居生命，也有习惯在大陆深处生活的生命。世界一片喧闹。那里确实曾出现过我想象中的场景，只是现在一片岑寂，一切又显得有些不可思议。现在，世界一片岑寂，现实一片岑寂，只有废墟和我。那些生命对我的到来可能太敏感了。它们不习惯一个外来者的侵扰，这可能是一方面。另外一方面可能是，它们曾经在那里遭受了太多如我一般的人的侵扰，那时候的侵扰带给它们的伤害很大。它们打心底里拒绝像我一样的人的到来，即便现在我和那些挖矿的人不一样（但真的不一样吗？）。一个又一个的废墟、矿坑、矿井，采矿人打着一盏盏灯进入到不断被深挖的洞里。矿洞随时会倒塌，人们早已麻木。人们也曾提心吊胆过，一直提心吊胆地活着，但他们并不知道除了那样的生活方式之外，还有其他（当然后来的现实似乎不再是那样）。人们纷纷离开，这里才呈现出了现在我眼前的这种情形。当所有人从那个矿洞离开时，还是有那么几个人发生了意外。

  人们突然发现了大地之下的秘密。在他们看来，大地之下有着挖掘不尽的秘密,那是来自时间的秘密。时间变为矿物质,时间泛着矿物质的光泽,但人们并没有惊讶于那些光泽,或许他们沉入了矿物质的光泽。发现是一个值得人激动的过程,更何况这种发现里面还有生活的介入。生存,生活,矿洞,命运,自由,废墟,这些元素联系在了一起。在谋生存的过程中,一些自由被剥夺,一些思想上的限制不断出现。其中一两个人在另外一个世界里跟我说起了自由。他们觉得在那些总有窒息之虞的矿洞里,自由就是奢侈品。在那里,他们基本都保持沉默,担心有些声音的力量足以让那些矿洞坍塌。如果矿洞坍塌了,那些所希望的自由便彻底失去了——一些人就曾以那样的方式失去了自由。他们活得胆战心惊、小心翼翼,有些喘不过气。当我站在那些矿坑前时,只能从那些残渣上判断这些矿坑曾经的作用。人们都想去挖掘地下的秘密,对这些秘密尤为感兴趣。我的到来同样也可以算是为了一些秘密,我对这片土地为何会变得如此荒凉的背后的秘密很感兴趣。这只是很小的一个空间,那些洞坑是人们命运的一个容器,人们的命运因为这些被挖掘开的洞坑而有了一些变数。我面对这个寂静的空间时,脑海里突然闪现出一个群体在短时间里有些相似,但在长时间内将完全不同的命运。最终,很多人离开了那个很小的世界,去往外省,在工地上干活儿,在工地上,他们被日复一日简单而重复的劳作所折磨,几乎要窒息。一些人忍受不了那些重复枯燥的体力活儿,就像当年他们无法忍受那些洞坑一样,他们再次离开(应该是再次回来,回来之后的一些人来到了我现在的位置),他们在回望那些一个又一个的洞坑,如马蜂窝般的洞坑,百感交集。他们突然感觉自己也是一只忙碌的马蜂,也将有与众多马蜂一样的命运。

我曾经被一窝马蜂蜇过。那时我正赶着那些出现在树林里的牛,一只马蜂就那么出现了。我听到了马蜂的声音,接着又出现了一只,我俯下身子,几乎贴在地上——人们曾跟我说那样可以避免被马蜂蜇。现实是它们找到了我,被它们穷追不舍的我从树林里滚了出来。幸好路过的表姐看到了这一幕,叫我把外衣脱了,我才没有被马蜂继续蜇。脑子一阵胀疼,我在家里休息了一个星期,才再次回到学校。那个星期,我似乎是清醒的,又一直是不清醒的。我突然觉得自己也成了一只马蜂,一只离群的马蜂,一只已经不知道自己的窝在哪里的马蜂,我突然失去了辨别方向的能力。那时,自己还被另外一些藏在暗处的马蜂叮咬着,我感觉到了汹涌而来的恐惧与羞耻。

我本来以为一直只有我一个人,其实不然,还有那么一些情绪复杂的人,他们被分解成一个又一个的个体,他们心中都有自己对那些洞坑的独特认识。

一个地下的世界,它在某部小说里出现过。在这里被我重述,由于记忆的偏差,可能会与小说中所描述的略微不同。那本小说诡异地消失了,我在书架上到处找它,却怎么也找不到了。我的沮丧可想而知,又多少感到有些庆幸,我可以凭借记忆来进行重述。一个出租车司机,在铁轨之下建了一个地下室。可能真的是我的记忆出现了一些问题,毕竟在铁轨之下建一个地下室,这是多么不可思议、多么荒诞的事情,如果我的记忆没有出现偏差的话,那么我们姑且认为那就是一部荒诞的小说,就是一部为了呈现人类命运的荒诞小说吧。地下室里存放着各个时期的物件,老人把地下室称为"遗产中心"。老人的遗产,同样是记忆的遗产。时间的残忍,记忆所面对的残忍与绝望。在那样充斥着霉味和旧物气息的世界里,垂老的躯体、垂老的记忆面对着的是物的世界给记忆带来的刺激。老人在那里突发心脏病离世,老人尸体的腐臭被世界本身的一些腐臭所掩盖。印象中,小说里还有一个人,那个人跟随老人进入了那个所谓的遗产中心,那个只有旧物气息和落寞因子的世界。那个人对老人的离世深感无奈。这时,我的记忆似乎正一点点变得清晰起来。那些旧物中让人印象最深刻的应该是数不清的钥匙和电话。那些钥匙和电话还能用吗?这将是我们很多人都想要知道的。小说中的主人公被反锁在了那个地下世界,然后情节就没有再继续下去,小说就此结束了。一个世界被掩埋,一个人在那样的世界里,只能在沉默中慢慢走向生命的尽头。有那么多的钥匙,却没有一把能打开那个世界的门;有那么多的电话,却没有一部可以拨通。我在想，如果那些电话中有那么几部是可以打通的，打通之后，他的描述又能让多少人信服？人们恐怕会把他当成一个精神失常之人。

这个小小的地下世界，就这样成了地下的废墟，很难会在短时间内被人们发现的废墟——毕竟废墟之上已经建起了极为现代的铁轨。那些铁轨影响了那个世界的发展，而那个地下世界似乎并没有起到任何作用，它本来想要影响人们的记忆，最终却显得异常乏力。地下的那个世界，同样是一座微小的博物馆，我突然明白了那些物为何最终只是被磨去作用的物了。一些物存在的意义，只剩下物本身。在那座地下的博物馆里，人与那些物之间的联系，有时也只是物与物之间的联系，人也成了无生命的物。毕竟，人在进入那座地下博物馆时，内心是压抑且慌乱的。他本想借助那些物件解决一些问题，甚至以为自己进入地下世界后，就能躲避一些东西，比如喧闹的声音。让他没有想到的是，充斥在地下世界里的那些声音更加嘈杂。

9

烟囱师傅,消防队的头头,他不要住宅,办了一座消防博物馆。

——[捷克]博胡米尔·赫拉巴尔《一缕秀发》

一个废弃的空间,一个被遗忘的空间。你想感受一下一个人进入这个空间后,会有什么样的感觉。那是童年时期的自己,会产生的强烈渴望。那样的行为里面混杂着对未知的好奇与勇敢。随着不断成长,这些品质反而日渐稀少;随着不断成长,一些东西会不断叠加在我们身上,堆积并覆盖,也有一些珍贵的东西消失于无形。

铁门紧锁,锁是生锈的。潮湿的锈味。刚刚下了一场暴雨,这场雨在那时是无法忽略的。雨清洗着很多东西,清洗着空气里的尘埃。如果铁门前面还有一棵古老的树,那同样也不能忽略。如果它碰巧还是一棵青树(确实是有一棵大青树,长得异常繁茂,与那个角落形成鲜明对比),就更不能被忽略。它有可能就是一棵曾经的神树,一些祭祀活动曾在下面举行,但已经很久没有举行祭祀活动的痕迹了,它再次成为一棵纯粹的树。在它的枝丫上挂着的那些神秘的符号与信息,已经被时间侵蚀得仿佛不曾有过一样。你想起了在热带河谷里见到的大榕树下的祭祀活动,你想起了在别的博物馆里见到的面具与一些器物,你还想到了一名女祭师。一切都显得神秘虚幻,这些都成了想象世界中的物。

世界很静,除了我以外,再没有其他人,那是在沉默中无比依靠感受的时刻。一些树叶被暴风骤雨打落在地上,树叶同样也是不能忽略的。这些都会影响当时的心境。无论是铁门、暴雨,还是树,这些都是在离开那个空间后,长时间留在我记忆中的东西。此刻,我再次回忆当时的情形:确实是有那么一棵树,有一些树叶落在地上,也没有其他人。记忆没有变形多少。你思考着该如何进入里面。树上有一些鸟窝,鸟在雨水下落之时竟然也没有返巢。铁门是紧锁的,唯一的办法就是翻过铁门进入其中。

你跟一些人说起,自己曾翻过了那个生锈的铁门,并说那是一个被遗忘了很久的角落。没有人相信你。没有人相信你会爬进去，爬进去的意义以及让人信服的理由都没有。所有人都相信，没有人会无缘无故进入其中；很多人也不相信，那个胆小软弱的人，会有胆量进入那个世界。你手心里的汗水慢慢干掉，急促的喘息慢慢平静下来。你翻过铁门进入其中，手上留下了一些锈迹，衣服上也留下了一些锈迹。这些锈迹短时间内很难消除，关于那时记忆的色调便是铁锈色的。一开始，你想故意让一些人看到那些铁锈色，可所有人都忙于其他，没有人注意到你。你很快就意识到没有人会关心那个空间和你。也许，只有和你一样大的人才会相信你确实进入了那个空间。那是一个有着神秘色彩的空间，至少是一个暂时不可知的世界。童年需要那样一个空间。有时，成年后，同样需要那样一个空间。

进入其中，一切豁然，虽然难免有些失望，但它于你而言很重要。即便里面一样东西都没有，只是空空如也，它依然很重要。里面堆积着很多废弃的物件，竟然还有着一些废弃的石狮子。它们散发着刺鼻的霉味和铁锈味，那种气息会钻进衣服的褶皱里，久久不能抖掉。在那个空间里，你担心的老鼠出现了，你担心的蛇出现了，你担心的乌鸦出现了。其实，这些都没有真正出现，只有一些枯叶被风卷起又落下，它们可能躲在暗处。那是在别处，有只黑色的鸟，赤红的细足。你问人们那是什么鸟，有人答，可能是乌鸦。乌鸦真实地出现在了那里，驻足片刻，然后消失不见。内心的孤寂和恐慌很强烈，强烈到有那么一刻，胃绞痛了一下。

那个空落废弃的空间,早晚会被人发现,有类似的空间被重新想起并被艺术填充。你猛然意识到,那里确实就是艺术的荒漠,没有任何艺术气息。如果废弃也是一种艺术的话,那里就只剩艺术了。人们突然注意到了那个空间的存在,传言要在那个废弃的空间里建一座博物馆。由于那个空间本身的限制,那里只能建一座不大的博物馆,旧是底色,很多博物馆都需要那种旧。那样的底色,同样也很容易引起人们的怀旧之情。一些行将废弃的空间,以及里面的物,往往会唤起人们内心深处一些莫名的情绪与思考。

假如真要建一座博物馆的话,将是以什么为主题的博物馆,一个宏大的主题,或者是一个微小却严肃的主题?一些主题的存在,是为了唤醒人们对这个主题的认识和思考。我们需要一些主题再次出现,不断出现,以重复来强调一些语词和精神的重要性。我们在一些博物馆里寻找那些日益稀薄的精神与品质。我看到在一座破旧的厂房里,建起了一座关于废墟的博物馆,在一个曾经的床单厂里,建了一座小型的摄影博物馆。我觉得在那个废弃的空间里,适合建一座关于黑白电影的博物馆。我们将在那里回到记忆中黑白电影的时代,回到情感表达仍然含蓄羞涩的时代。黑白画面会把一些细节遮掩起来,同样也会让一些细节凸显出来。一些牧人和牛羊将从黑白电影中走出来,一些牧人和牛羊也会进入电影里,不再出来。近乎幻觉。

只是传说中的博物馆一直都未开始建造,依然是废弃的空间,依然是在用存在来表达遗忘的空间。很少有人出现在那里。有一天,一个单位突然要搬到那里,人们再次想起了那里。人们接连出现在那里,都觉得那地方很陈旧。由于催得紧必须马上搬,他们只好很不乐意地把自己放入那个有些落寞的建筑里。人们陆续搬入其中,似乎也意味着在那里建造一座博物馆的设想,至少要暂时搁置一段时间了。当看到消防博物馆的那一刻,你又想起了这个空间,也许那里适合建一座消防博物馆?

10

小时候,祖父曾带我去过自然历史博物馆。我们看到了各种动物,有爬行动物,还有鲨鱼,而如今,我最清晰的记忆却是玻璃匣子里那一排排长短不一、大小各异的蝴蝶标本。一张张小卡片上详细地记录着每个参展样本的名字。一排排、一行行,鲜艳又齐整,似勋带一般。

——[英]杰夫·戴尔《寻踪索姆河》

金鱼所处的空间,被水充盈——就是一个鱼缸,一个华美却已经很长时间没有被清理的鱼缸。人的气息在淡化。在很长时间里,人都是缺席的,人早已忘记那里还有一个需要随时清理一下的鱼缸,人的注意力早已不在鱼缸之上。我们姑且认为人突然被生活中的一些不易压迫着，压得有些喘不过气。所以，那个小小的空间已经被他彻底忽视，他忘记了那里还有着一个与自己无比相似的生命。金鱼需要食物。金鱼需要清澈的水。金鱼急促地呼吸着。金鱼被困在那些缠绕的藻类里，在找寻着出口。它已经不再找寻出口，那是一只已经死去的金鱼，带着一些关于死亡的秘密而死去的金鱼。那些缠绕着的不是藻类，而是某种网状物，它层层交叠，让空间有无限的纵深感。金鱼那鲜艳的红色被网状物切割成各种碎片，鱼鳞、鱼鳍、鱼尾分割开来，只有鱼头暂时消失不见。在水中继续漂浮一段时间之后，鱼头可能会出现在我们面前，另外的部分又可能像曾经隐藏的鱼头一样消失。我们可以解读这些时隐时现的东西：鱼头（思想），作为尸首（死去的思想，僵化的思想，腐烂的思想，或者是衰败的肉身）；那些鱼鳞、鱼鳍、鱼尾（行动着的部分，保持平衡的部分，呼吸的部分），只是它们已经失去了活力，也将腐烂，也将会被吞噬，被某种鸟类，被其他的鱼类或其他的虫子。也许那些虫鸟并不喜欢腐烂的金鱼，而且虫鸟也不可能出现在那里。尸体漂浮在鱼缸里，很长时间没有被人发现。有朝一日可能突然被那个人想起，他在悲伤与自责中把尸体清理掉，把鱼缸里的水倒掉，甚至把鱼缸丢进了垃圾箱。

如果它的主人是一个老人的话，那么视力的原因可能会让他以为那条金鱼只是病了。这是某篇小说里的老人和金鱼的故事。老人四处找人救治那条金鱼,最后伸出援手的是一个年轻人。年轻的眼睛帮他发现了那是金鱼的尸首,年轻的眼睛还发现了两条刚出生不久的小鱼。金鱼用死亡换来了新生。老人在年轻人的帮助下,从绝望中走了出来。

死去的金鱼还有可能被悬挂着。我曾在一个离洱海很近的村落里,看到很多鱼被悬挂着、晾晒着,风一吹,鱼头就左右摇摆,相互碰撞,不过里面没有金鱼。金鱼应该不会被悬挂晒干,它只会成为被观赏的生命。人们看重的是它的美感与隐喻。人们陷入了有着隐喻和强烈心理暗示意味的世界里,无法真正走出来。你突然想起了人们多次说起的那件关于金鱼的事情。有两个人喝醉了,说还要接着喝,就是缺点儿下酒菜。其中一个提议说你家鱼缸里不是有鱼吗?另外一个一拍大腿说是呢,便亲自把家里养的那些金鱼,一条一条拿出来,油炸吃掉。那时,金鱼也成了可以吃的鱼。关于金鱼的一切,都被酒意浸泡着。

你遇见了金鱼,遇见了那些有着强烈象征意味的金鱼。假如那是一条会弹奏古典音乐的金鱼呢?那时你刚刚读到了某个艺术家的故事。他在一个舞台上演奏着,一些古典音乐出现,一些古典音乐家出现,突然,他控制不住自己的手指了。那注定是一次失败的演奏,也是他音乐生涯行将结束时的一个不圆满的句号。他一直希望,最后一场演出,至少是一次让观众惊叹不已的技巧展示。现实并不如他所愿,那是一次失败的落荒而逃。沮丧的自己，失望的观众，窃窃私语的观众在喧闹与不满中离开了那个空间。演奏者从一开始的专注，沉浸于音乐世界，到最后注意力涣散，无法集中精神。他想到了与音乐无关的人，无关的现实，还想到了战争，想到了现实中的爱无力，甚至想到了艺术家的孤独感。他当时演奏的音乐是什么？是贝多芬的，勃拉姆斯的，肖斯塔科维奇的，还是其他人的？但事实是他已经无法演奏他们的音乐，他已经感觉到那些音符在那个空间里，逐渐离他而去。注定都要离去，就像现实中，同样有很多东西会离开自己，爱情离开自己，至亲离开自己，留下了自己，留下了那条已经不会演奏的金鱼。如果它不是一条会演奏音乐的金鱼呢？它确实不会，金鱼只是金鱼。他面对着那条金鱼，金鱼并未离开，也曾在那个鱼缸里为了存活而不断寻觅食物。艺术家遭受音乐演出失败的打击，变得无比沮丧和颓废，竟忘记了那条金鱼的存在。那条金鱼，有时就是艺术家自己，有时可能就是我们中的任何一个人。

  鱼出现在了那座博物馆，我们看到的是关于鱼的图片和关于鱼的标本，有各种各样的鱼。与水族馆不同，这座博物馆里的鱼都以标本的形式出现，除了入口处摆放的那个水箱里的金鱼。那样的摆放，让它与博物馆之间有了隐秘的联系。一些人在看完那些标本、离开时看到那些活着的金鱼，会突然产生一些想法，会突然有一些触动。除了鱼的标本外，我还看到了其他生命的标本,有蛇的标本,有蝙蝠的标本,还有鹅的标本。再回到那些标本上,我的目光停留了很长时间,人影先是多了起来,然后渐少,只剩下我,还有聚集在一起的那些标本。它们以生命某个时候的样子存在着,我看到它们以自己的方式聚拢在一起,它们既是独立的,又是整体的。它们相互交谈,又沉浸于各自的世界里。那只鸭子看着一只正在爬行的乌龟,乌龟想爬出它的目光。一些鱼头朝上,想从试管中探出身子深吸一口气,或是想听听那个空间之内,各种生命聚集的声音。我成了其中一条鱼,我成了那只乌龟,爬向生命的边界。那些生命是活着的——在那个空间里,我竟产生了这样的错觉。一些鸟前面是虫,但它们之间并没有任何可能的联系。鸟对虫失去了渴望,虫也可以在那里坦然自若。

　　里面有个标本,只是骨骼,我们一开始没能认出那是什么生命。一些人猜测那是鸟类。那是即时印象会造成的错觉,不止一个人有那样的错觉。甚至有那么一刻,我也觉得那应该是某种鸟类,保持着飞翔时的姿态。标签消失了。标签的消失让我们面对一目了然的世界时,再次有了障碍,再次遇到了阻力,再次模糊不清,当然,也再次有了猜测的可能。仔细看后(有多少人匆匆一看,有了鸟类标本的印象后就退出了那个狭小的空间),我们开始对自己的错觉感到羞赧:我们还是能看出那是四足的小动物,体型很小,呈奔跑状,是死亡时对世界与人类的那种恐惧状,一种无法逃脱的惊惧状。那应该是一只兔子,我们希望那是一只野兔,又希望不是,内心有一些隐隐的矛盾。

另外一条秘密的金鱼,它只是一条生活在鱼缸里的金鱼而已,一条没有任何伙伴的金鱼,一条总会让人产生它已经死去的错觉的金鱼。秘密的金鱼目睹了一个家庭因情欲、出轨而分崩离析。那些人因感伤而忽略了金鱼。金鱼在无比艰难的岁月里坚强地活着,这是一种近乎死去的活法。金鱼把自己困在了这样的一个空间里。我们往往会把这样一条鱼的境遇隐喻化、象征化。它那时的处境必然会让人想起我们自身的处境,有时人类的处境与鱼的处境太相似了。许多孩子渴望得到一条金鱼,一条自由的金鱼。我女儿同样跟我提到了金鱼,只是她提到的不是一条,而是许多条,她需要热闹的金鱼。一个孩子最容易感受到的似乎就是与孤独为伴之时的那种忧伤,属于孩子的忧伤,轻度的忧伤,似乎轻易就能治愈的忧伤。真实的情形,又果真如此吗?如果是老人的话,那样的忧伤将会变得沉重,甚而会变得绝望。那条金鱼一直在对抗着,一直有种向死而生的勇气与努力。一些老人已经失去了那样的气力,变得无比感伤与颓丧。当然这也只是一种可能,只能代表一些老人,而无法真正代表整个群体。

回到那条金鱼,回到那些离开的人。金鱼最终的命运,我们无法想象,但又多少想到了一些。鱼缸里的水会变得越发混浊，鱼缸会变得日益脏污，鱼缸会被人们熟视无睹。人们曾无比关注它，那些孩子就是这样的人，不过他们关注的是金鱼，关注的是金鱼在鱼缸里的生活。当生活日常也开始过早地消磨他们时，他们也开始感到疲惫了，注意力开始被生活引向别处，而金鱼只是一个玩物，只是一个消磨意志的物，似乎不再是那种会有助于身心的生命了。当他们再次注意到金鱼时，金鱼已经在鱼缸的某个角落里奄奄一息。鱼缸这个空间本身就很小，金鱼所选择的位置是空间中的空间，更微小、更狭隘的空间。那些目睹着金鱼陷入困境的人，似乎感同身受，再次把注意力放在了金鱼身上：鱼缸里的水换成了清水，金鱼又有了一些食物，两个小孩子又开始在鱼缸前目不转睛地注视着，那个破碎的失去平衡的家庭，再次圆满，再次变得平衡。这可能只是一种想象。失衡的很难重新获得平衡，碎片很难再次黏合成整体。博物馆里会放置一些鱼缸吗？当产生这样的疑问时，我还未从那座只展示文物的博物馆里走出来。那都是时间在上面堆积了厚厚一层的物，已无生命的迹象，同样会有一些古老的海洋生命化石，给人一种生命的浩瀚感。

从那座博物馆营造的感觉中慢慢把自己拖曳出来后，我们又出现在了海洋生物博物馆，里面是各种海洋生命。来到了地下一层，女儿说那里面有好多种鱼是有色彩的，绚丽的色彩。在这之前，我们都没有那么近距离地观看那些鱼的经验，我们可能在关于海洋的纪录片中看到过,只是没有留下多少印象。无论是女儿还是我都觉得这是第一次遇见那么多种鱼,那些色彩在玻璃缸里静止或游动,从那些幽蓝的光里跃出来。这座博物馆里都是海洋生物,都是活的,没有任何关于时间的记录,它的意义变成了科普。女儿在里面兴奋不已,说好些色彩都曾出现在她的梦中。女儿来到了一个童话世界中,说自己在一些童话故事里看到了其中的一些鱼,没想到它们真的存在。那条孤独的金鱼被放置在另外一个空间里,与主人一样孤独。在眼前的博物馆里,没有孤独的鱼,至少是没有单独的鱼,它们成群地游来游去,似在相互追赶嬉戏。

11

　　我们仔细观察就会发现，这个人种学区域与整座博物馆有着共有的主题，那便是关于"异常"的裸露，它和所有裸露一样私人化，却因为疾病、畸形和源于不同文明或种族的"他者性"，以及蜡像模仿人类惨白皮肤时给我们带来的不适，而给我们带来了距离感。
——［意大利］伊塔洛·卡尔维诺《怪物蜡像博物馆》

悬棺，我们用望远镜看着，看过往的记忆与事物，似乎都需要用望远镜或者是放大镜，才能看清一些。世界将变得模糊。你看清了腐朽的悬棺，它们残碎一地，人的尸骨也残碎一地。其实即便借助望远镜，你依然看不清那个悬崖之上的悬棺以及僰人。讲述者不断帮你填补着自己的目光所不及之处，也在用他的讲述打开你的想象。泥沼中已经炭化的尸体，只能在博物馆中看到。有时，总觉得在现实中已经无法见到的东西，只要去一座足够大的藏品丰富的博物馆就能见到，似乎博物馆里珍藏着的就是我们在现实中无法抵达的世界，博物馆里珍藏着我们对世界的一部分想象。

有那么几次，一进入博物馆，我就感到惊诧不已，有些物不就是在这之前，我多次想象过的吗？在博物馆里还能见到铜棺。我见到了铜棺，据说这不是真实的原件，原件就只有一个。博物馆里还放着一些模型、一些复制品。复制品的世界，这可不是我希望看到的博物馆。在一些地方博物馆里，我们看到的更多的是复制品。我开始谈论自己见到铜棺时的各种感受，如果没有人跟我说那是模型的话，我所建立的那个情感空间将因为无比真挚与真实，会让一些人感同身受。只是尴尬的事情出现了，他们说那不是真的，只是复制品。瞬间，情感宫殿坍塌，情感也不再那么真实。人们在原来发现铜棺的地方，继续挖掘。如果再挖掘出类似的铜棺，那座博物馆可能会拥有一个真实的。只是挖掘了很长时间，有数年之久，依然不见第二具铜棺的影子。他们艰难地挖掘着，他们的内心很矛盾，如果真的挖出第二个的话，那么第一个的意义就被削弱了。他们总觉得那里已经不可能再出现第二个了，他们只是以持续几年的发掘来佐证这个想法而已。

我出现在了挖掘现场，那是在一片旱地之上。看得见的旱地，当它变得形象起来后，就是像树叶一样的小块土地，确切地说，是像枫叶一样的土地。但没有枫叶那般红，就像枫叶被榨干了水分那样，鲜艳的红色所剩无几。土地裂开，没有丝毫的水，水滴落在上面会发出哧溜的响声。他将面对着旱地，一片没有任何植物的旱地，也是没有任何生命的旱地，一些生命已从旱地上逃离。精神的旱地。他要面对的也是精神的旱地。出现在那样的空间，我们将会进行一些精神上的分析，那是最强烈的自我感觉。一个躯体被放置在那样一块土地上，躯体将会被烈日灼烧，将会融化，还会被越来越多、越来越大的缝隙吞没。在白日，我们能清晰地看到那些裂缝，只是无法躲开那些裂缝。在夜间，稍有不慎就会掉落其中，成为旱地的一部分，躯体消失了，精神也消失了。

我真的出现在了那里，都是那样的土地，就像把自己放入荒漠。那时我也反对阐释，但在面对那样似乎没有任何生命、任何诗意的空间时，又无法反对阐释。我将要去阐释那样一个空间对人、对生命所产生的影响，无论是土地还是荒漠，并没有我们所想象的那么单调，那么让人绝望。在那个空间里，人们已经习惯了那样的荒漠与干旱，人们在那样的空间里，不断苦熬着。一些气息消失。属于那个世界的气息已经消失了。当那些气息慢慢回来时，我们能看到的也将是一片貌似死去的土地的复活。

　　土地复活了吗？复活了。它们不只是在梦境中复活，在现实中也复活了，一些生命也重新回到了这片土地，土地不再是旱地。考古现场被植物覆盖。如果不是我曾来过这里的话，我将不会想到这里曾是考古现场。我们曾说起一些考古学家在多年以前出现在这块土地上，对被遮蔽的历史进行了发掘与重新定义。实物的发掘对历史的定义来说很重要。大家都在等待着，等待着实物的出现，等待着实物被放入博物馆。然后把那些旱土重新掩埋，让植物重新生长，让庄稼重新生长，让现实从过往的历史气息中重新回来。然后，我们又将在这块土地上演绎着属于个人的命运。

　　在文管所工作的人再次来到这块土地上，说把范围再扩大一些试试。他说负责考古挖掘工作的主要是他们，虽然那些在博物馆中工作的人有时也会参与挖掘。博物馆真正的作用是展示和保管。当我们谈论起他们的工作之间的差别时，我们刚刚从一座战争博物馆里走出来。那座博物馆的主题是"战争与和平"和"生命与重量"，我们看到了许多很年轻就因为战争去世的人，他们的年龄，让你无法想象那么小就要承受那巨大的沉重。

12

大多数人是不去参观艺术博物馆的。

——［英］约翰·伯格《观看之道》

钟表停了下来,真正成为装饰,真正成为与那个建筑相互呼应、相互平衡的东西。钟表尚未停止或坏掉时,总在提醒着人们,真正的时间被装进了那个狭小的空间。钟表所在的空间上面还有三角形的顶部,给人稳定和心安的感觉。人们说钟表存在的时间,已经有好多年。一个古老的钟表,如果从上面把它拿下来,建筑就是不完整的。设计建筑时,钟表就是不可或缺的部分。那可以算是一个钟楼,钟楼把自己放置在一个更大的空间,远远望着,钟表在那个整体的建筑上显得很小。

一只鸟停歇在了钟楼上,安静地站着,它就像是已经停下来的时间。它似乎沉浸于自己的内心，丝毫不去关心其他。鸟的眼睛是红色的，赤红，正在燃烧着。它的趾爪同样也是红色的，赤红，同样也在燃烧着。鸟的腹部也是红色的，也是燃烧着的。这些燃烧着的颜色，开始有了强烈的隐喻色彩，隐喻着生命的那种燃烧一般的状态。那只鸟的其他部分没有燃烧。鸟的喙，你希望它同样是红色的，也应该燃烧着，只是鸟的喙是灰色的，让人有些失望的灰色。它的羽翼不能是燃烧着的，羽翼的燃烧将会毁掉它自己。那是一只鸽子吗？那太像是一只鸽子了。还可能是一只斑鸠，同样太像一只斑鸠了。

钟楼的样子，像极了树，绿色的树。如果说钟表的形状像那只被我慢慢观察着的鸟，那么鸟的喙，鸟的其他部分都在标注着时间，鸟的心脏也成了钟表的心脏。当钟表停下后，那就是一只宁静的鸟，那就是一只鸟的尸体，一个标本。安静的鸟开始动了，变得焦躁不安，在钟楼上来回跳动着，就是不飞走。危险的物是不是正在朝它靠近？鸟的尸体突然消失了，鸟再次复活。鸟成了标本，被放入那个建筑之中，那是一座博物馆。钟楼上的钟表会不会猛然间又开始走起来，时间神奇地苏醒，停停走走的状态。那是另外一种时间，错误的时间，又真是错误的时间吗？只可惜它停了下来，它停下的刻度总会与每天的某个具体时刻吻合，那时它又是真实而准确的时间刻度。

鸟飞走了，还会飞回来吗？鸟曾经在那里筑巢。鸟巢会把注意力吸引到那里，很多人都忘记了那是一个钟表，只是把注意力放在鸟巢上，希望能看到有着赤红之瞳的鸟在那里生活。那好像是一只孤独的鸟，鸟巢中没有探出小鸟张开的嘴。鸟消失了。鸟巢被吹落，落于何处，并不清楚。那是博物馆的钟表。有一段时间钟表坏了，时间固定了。又看到有一些人去修理那个钟表，钟表开始转动。

那座博物馆给人的就是强烈的时间感，钟表又怎么能一直静止不动呢？很多人都意识到了这一点，所以才会有接二连三去修理钟表的人。他们需要搭起一些梯子，还要借助一些绳索，钟表太高了，时间近乎是被悬置在半空中。博物馆牢固的墙体中，钟表也异常牢固，但还是会让人莫名忧惧。那些经过博物馆的人忘记了钟表，一些人想起了钟表，是为了看时间，而我是为了看那些鸟。如果哪天再次看到它们在上面筑巢，我也不会感到惊讶。

我们往往被博物馆的内部所吸引，很少会去关注博物馆的外部。又真是如此吗？我们总会情不自禁地把目光投向钟表，似乎无法逃脱来自时间的束缚。时间在往前，匀速往前，我们看到时间并没有因为一些事情还未完成就暂停下来。我们谈论着时间，谈论着那个钟表，竟惊喜地发现那个钟表是没有规则的，它的样子并没有给人拘谨感。这样的发现，竟让我们在短时间内狂喜不已，我们以为在一些时间里，很多事物都将是中规中矩、方方正正的。我们看到了线条的粗犷，看到了线条在那个建筑上得到了轻盈的延伸。当提起其中一座博物馆时，我们能很快说出博物馆里展示的东西，却很难说出博物馆的建筑风格。这一次，我把注意力都放在了建筑外部的那个钟表上。这是一个坚硬的钟表，并没有因长时间的风吹日晒雨淋而变形。博物馆外部的钟表类似隐喻与暗示，喻示着建筑之内是关于时间的表达。我们不是去看那个现实的时间，我们是去看层层叠叠如重峦叠嶂一般的时间，过往与此刻的交错。我们轻易就可以重返到某些时间中。有人抬起手看了看手表上的时间，那个钟表慢了几分钟。那似乎也是隐喻，喻示着建筑里的时间会落在现实的时间之后。

有人意味深长地朝钟表望了一眼，然后进入了那座博物馆。那个人从博物馆走出来后，没有像一开始那样对博物馆上的钟表感兴趣。我姑且认为是博物馆里面另外一个维度的时间对那个人产生了一些影响。女儿出现在那里，同样注意到了钟表。女儿最感兴趣的还是钟表里那只燃烧的鸽子，她问我那只鸽子是不是已经不会飞了。我一惊。那是一只被囚禁的鸟，已经失去了飞的能力。这是另外一种解读，但我又不希望女儿会有这样的感受。那是钟表的装饰物，不是真的，有时会有一只真的鸟出现在那里，甚至还会在那里筑巢，这是我跟女儿说的。女儿点头。我拉着女儿的手进入了博物馆。

进入博物馆,我依然无法忘记博物馆外部给我留下的印象,无法忘记那只燃烧的鸟。女儿不时就会把目光从博物馆的展品上移开,看向我:"真会有鸟在那个钟表里筑巢吗?"

13

那不勒斯国家博物馆——上古时期的塑像用微笑向观赏者展示着他们身体存在的意识,好像是一个孩子向我们献上一把刚刚采摘、尚未理好的花朵,而后来的艺术则开始紧绷面部,就像是成年人用割下的草叶编制成花束。

——[德]瓦尔特·本雅明《单向街》

一个电影海报展,被放在博物馆。一些展览适合放在博物馆。那个废弃的空间,如果成为电影博物馆的话,里面的墙壁上就应该贴着一些古旧的海报。一些海报会唤醒我们对电影,又不止是电影的记忆。在真正的电影博物馆里,许多珍贵的海报被封存在玻璃橱窗里。里面有一些海报,我曾见过,还有很多海报不曾见过。

海报只可能被一部分人珍视，与电影相比，海报很难长时间占据观影人的内心。置身于那些海报组成的空间，感觉到的更多是不真实感：有些设计充满了虚构，一些色彩充满了虚幻，很多主人公眼神的交集都充满了不真实性。还有一些海报很具象化，有着强烈的年代特点。人的自然天成感，让那些海报与现在见到的很多海报完全不同，完全是两种审美，审美是提高了，还是退化了，这不能轻易评判。我在那些老海报面前，竟然感觉到了更多自然和舒适的美感。一些独特的美感已经消失了，这是我能肯定的，我将只能在那些海报上寻找到影子。同样有着一些抽象风格的海报，它们更多呈现的是不真实性，其中一些海报的风格符合那些电影的主题，电影所要表现的就是生活中充斥着的不真实性：一些失意者的真实与不真实的现实和内心，属于一个群体的精神危机的真实与不真实，荒诞现实的真实与不真实。在面对众多的不真实之后，你又开始反推，与众多不真实相对的真实。

我们再次意识到了海报的重要性。一张又一张，被风扯成碎片的海报。曾经，我们并没有把注意力真正放在海报上。那些海报宣传的许多电影，我都没有看过。如果在一座小城里，有一家或几家电影院，很多电影将会被放映。我只是在乡村看过几次电影，基本都没有海报。当我来到县城时，县城电影院开始没落，只有很少的电影会放映。

你继续反推，回到了摄影世界。摄影的本意是为了呈现世界的真实，人物的真实，风景的真实，只是把那些彩色替换为黑白，或者把黑白替换彩色之后，一切就开始变得不真实了。我们开始怀疑图像世界的不真实了。海报被风扯烂。摄影照片被随意堆放在那个空间的某个角落。人们对待它们的态度，似乎也在隐隐暗示着图像只是在某一刻让人产生了错觉，真实的错觉。

海报只能展示一点点真实。我去看那个摄影展，另外一个摄影展。我是作为一个完全不懂摄影的人，出现在了那些摄影展上。那些摄影者我不熟悉，他们同样不认识我。我的观展似乎变得不再那么纯粹，毕竟我不懂摄影。面对海报时，同样如此。没人去关心在风中凌乱的海报。人们已经从电影院出来了，电影与海报之间只有一点点联系，人们早已忘记了海报。如果我跟那个设计海报的人说，我在海报上看完了一部电影，海报上有着太多真实的信息，海报设计者一定会觉得很失败。人们突然发现电影与海报之间完全没有联系。海报在那个偏远的电影院里，把人们的想象与审美引向了另外一个世界与维度，设计海报的人似乎达到了目的。有好多次，我没有买电影票的钱，只能看海报，我发现还有很多像我一样的人。

在博物馆里，我看到了几张电影票。我看了不多的几场电影，也应该有那么几张电影票留了下来，只是我没有珍藏的习惯与意识。电影票消失了，好像我不曾在那个早已消失的电影院里看过电影一样。博物馆里的电影票勾起了人们的一些回忆。博物馆是有这样的作用，它能让你再次活在记忆与虚幻中。电影票上的日期并不久远，只是眼前的电影票背后的电影院，离我多少还是有点儿距离，那一定与我曾经进入过的电影院不同。还有一种可能，它们是相似的。我看到了相似的电影票。电影院也按照统一标准在各个地方被建造，人们有了进入一个空间的错觉。海报设计者在回忆中是一个谜，不曾出现过，我只是把目光放在海报上一会儿，并没有往深里想一个海报设计者应该有的模样。最大的可能是在那个小城里，并没有海报设计者。看到有个小说家写到海报设计者后，我才猛然把想象伸向了记忆深处，一个小县城的电影院里并没有小说家笔下那种让人不断猜想其相貌的海报设计者。

  我再次确定了一下，博物馆里是有几张真实的电影海报。一开始，我以为那里只会有复制品，但它们不是真实的海报，符合了博物馆的需要。几张海报似乎叠在了一起，按电影放映的先后时间排序。放映机也出现在了那里。一卷一卷的胶片也出现了。宽银幕，曾经在空旷的自然世界里出现的宽银幕。我曾见到一些牛羊从宽银幕上走了下来，进入到现实的自然中。黑白电影，然后是彩色电影。

有一座关于电影的博物馆，就在一座古城的深处。一个曾经的粮管所，被一些人改造出来，它的二楼就是电影博物馆，一座小型的博物馆。博物馆是分大小的，但一些博物馆的小并不能说明什么，并不会因为狭小而让里面存放的东西褪色。有关电影的东西，都可以在那个狭小空间里得到展示，巨细靡遗。

电影博物馆里正在放映的电影片段中出现了废墟。我在这里回忆着另外一些电影中出现的废墟。我只能在模糊的记忆中打捞某部电影中的废墟。让我印象深刻的还是那些存在于优美自然界的废墟，像那幅画中作为废墟存在的修道院。有一部电影中同样有成为废墟的修道院。某个曾经在其中生活过的人再次出现在了废墟之中，他触摸着那些由石头砌成的墙。墙被那个人触摸时是冰冷的，似乎一直是冰冷的。那个人在面对着废墟时曾瑟缩了几次，如果稍不注意，这个细节就会被忽视。镜头并没有聚焦在那双瑟缩的手上，在电影之中有太多貌似不经意的细节。需要那个人不停地抚触，墙的冰冷才会有所降低。修道院在经历了某场战争后，成了废墟，成了一座被遗弃的建筑，所有人都逃离了。现在重新回到这里的那个人便是那群人中的一员。在修道院生活的经验伴随着墙上的纹路与上面长满的藤萝慢慢重现，重现得最多的却不是自己对其他人的印象，反而是不断噬咬着内心的欲望，那是各种复杂的欲望的交织体。那个人被在修道院中安静地生活，还是投身于政治现实的矛盾折磨着。当他好不容易挣脱了政治现实对自己的引诱，感受到了对安静灵魂的渴望时，战争爆发了。一些悲剧开始发生，有些悲剧的后遗症一直存在着，让一些人无法从中走出来。那个人被战争裹挟着，在战乱中不停地寻找寂静的灵魂，那是灵魂所经受的一次历练。主人公回到了出发点。最终那个人是否找到了，电影没有说，是一个开放式的结尾。但那个人最后打开了修道院的大门，那个人听到了大门因很长时间没有被打开而发出的喑哑粗重的声音。这时，电影的镜头切换到了废墟周围的自然界，那片自然与原始的静美的自然还是有一些区别。这部电影在我这里，被扯成了碎片，我只记住了里面让我印象最为深刻的那些碎片，有关废墟的碎片，有关灵魂被扯成废墟的一部分的碎片。

14

  一日,女友将我带到了一家博物馆,那里有一幅皮耶罗·迪·科西莫的名画——《森林大火》。长长的水平的巨幅画卷,如同放映灾难电影的宽大荧幕,占据着展厅的显赫位置。但博物馆的纪念品商店却找不到任何相关主题的明信片或茶杯垫。想来也不奇怪:这幅画的内容实在难以令人产生愉悦的感受。
  ——[俄]玛丽亚·斯捷潘诺娃《记忆记忆》

  图书馆管理员,他是我所认识的那个图书馆管理员。他就在那个图书馆里安静地坐着。前面没有我所希望看到的书,书都在他的背后,成为他的背景。他会转过身来,面对着那些书,这时书不再是背景,他凝视着那些书,将要给自己挑选一本理想的书。什么书？不清楚。他成了一切图书馆管理员的形象，他开始变得刻板而僵硬。他首先要面对的是数量，让人惊叹的数量。即便只是在那个小城，图书馆里也有着太多陈旧的书。它们堆积在一起，按某些秩序排列着，让人惊叹，会让人无端想到数量对图书质量的影响。慢慢适应黑暗后，他故意没有开任何灯，但能感觉到书黑压压地朝着人压过来。

　　我看到了那个真正的图书馆管理员，他身上没有丝毫的追名逐利感。在那个安静的图书馆里，人不会想到名利，拿起一本书时，反而会产生进行严肃思考的渴望。图书馆管理员是怎么影响我的？我在回想。他让我进入图书馆的内部，让我第一次感觉到了来自数量的压迫，那样的感觉真是太奇妙了，那样深受压迫的感觉在这之前是从未有过的。从感觉开始，忘不了那样的感觉，忘不了他依然貌似无所事事的样子。他隐去了，成了一个安静的雕像，真是像极了雕像。安静地坐在凌乱的办公桌前，有本书在书桌上摊开，镜框依着书。他在抄写什么，又似乎不是在抄写，只是偶尔才把目光移至那本摊开的书上。他丝毫不在意我的存在，有几次，当我把书找出来办理借阅手续时，他竟然会全身一颤，似乎早已忘记了是他让我进来的。安静的思考者的雕像，确实是很像。

　　只是作为一个思考者，他思考的究竟是什么？是凌虚高蹈的东西，还是与人性贴合得最为紧密的部分？我开始假设，他是一个外来者,讲着普通话,与在那个世界里用得最多的民族语言完全不同。一开始他根本无法听懂,到现在已经可以听懂一些,也有可能直到现在他依然没有听懂,依然无法真正融入这个世界。他对我来说,就只是一个图书馆管理员那么简单,关于他其他的身份,我既感兴趣,又不想知道。他一直沉默寡言,我与他之间的联系仅仅只是因为那些书籍。我在图书馆里借书的时候,没有多少人出现,我既感到遗憾,又感到庆幸。遗憾的是阅读者数量之少,庆幸的是因为人少我才有机会直接进入其中挑选书籍,在浩瀚的书海中找寻一本书。雕像能滥用吗?不能滥用,只是,我们要把目光放在他背后的世界里。这与任何一个在这之后见到的图书馆管理员不同。他是我在之前从未见到过的图书馆管理员。他腋下夹着书,保持沉默。

图书馆管理员与博物馆管理员不同,我应该提及的是博物馆管理员,却因为一些无法说清的原因,不断提到那个图书馆管理员。他的身份总让我无法轻易从他身上绕开,那曾是我理想中的身份,我也想感受来自众多书籍的压迫。在这之前,还未见到这个图书馆管理员时,我也曾见到过几个图书管理员,那些人管理的书很少,摆放书籍的空间很小,里面的杰作也很少,只是那时我无法分辨什么是杰作。这个图书馆管理员,他一个人就管理一层的文学书籍,空间很大,数量已经足够多,杰作也足够多。

我把他替换成自己。他成了我,成了男孩,而我已经是中年男人。身份置换之后,我会发现一些他的秘密。庸碌的中年生活,在那个安静的世界里变得沉默寡言。我像他对待我一样,简单地说,你可以进入那个空间,自己挑选书籍。小男孩将很激动,这样简单的行为对小男孩的成长,将有无法估量的影响。我一直感激图书馆管理员那简单的行为给我带来的影响,我的阅读能力,我的挑选书籍的能力,我的分辨力,似乎就是在那一层由书籍充满的空间里,不断训练后慢慢拥有的。一个同样庸碌的中年男人,为生活的现实所困,如果这个图书馆管理员还是一个异乡人的话,他所要面临的艰难可想而知。我可以从岳父身上、表哥身上,甚至是此时的自己身上,感受到把自己的故乡抛到身后,想再次拥有第二故乡的那种艰难,而我们已经暂时忘记了心灵的故乡。

回到小男孩,其实我早已不是小男孩了。小男孩与图书馆管理员之间,在一个特殊的时代背景下,所完成的相互慰藉,其实我还是不敢肯定。小男孩是否让图书馆管理员的精神危机得到了一点儿缓解?也有可能那个图书馆管理员根本就没有这样的精神困境,而是生活得惬意舒适。不过我从图书馆管理员那里得到的东西,却很丰饶,一些东西开始播撒下来,并在身体里长成树的样子。我做过无数次这样的梦:我在镜子里看到的不是自己,而是一棵树,树上的叶子都是那些杰作的书页,它们迎风飘扬。我继续观察,在那个空间里工作的图书馆管理员,与自己曾经想成为的人,有太多区别。他只是静坐在那里,桌子上并没有任何一本杰作。观察开始消解一个图书馆管理员,当然,同样需要怀疑那是否是一种常态。当不停地出现在图书馆后,我发现那就是一种常态,但并没有把他对我的影响消解殆尽。你要遇见自己曾经喜欢的那位作家笔下那个近乎大师一样的图书馆管理员,那太难了,你只是遇见了众人都可能会遇见的图书馆管理员。倘若某一天,那里摆放着一本杰作,可能你又会有不一样的触动,会以另一种方式去看待那个图书馆管理员。

那时,我只是看到了众多人堕入普通生活中的样子,空间对人的影响似乎不是很大,或者只是简单地在细微处有了一点点变化。下着雨,屋檐上滴着雨,我还未曾在这样绵绵不绝的雨天进入过图书馆,我想看看图书管理员在天气近乎发霉的日子里的状态。我并不是为了一本书,兴冲冲地朝图书馆冲去。我知道图书馆是关闭的,那天是休息时间。

我熟悉的那个图书馆管理员,从图书馆走了出来,拿着自己所有的东西,他将彻底离开图书馆,他将要退休。他不断出现在我的笔下。他一直以图书馆管理员的身份出现,除了这个身份之外,再没有其他身份。我只知道他的这个单一的身份。当我再次出现在新的图书馆时,他已经退休了,我没有问别人他的现状。问的话,对他的现状会有一些了解,这是我能肯定的。不问的话,他的现状将一直是个谜。我不曾在那些古老的街巷与他相遇过。

图书馆再次搬往别处。每一次搬迁,都会有一些人的身影从图书馆里彻底消失,我有预感,这次要轮到那个对我产生了很大影响的图书馆管理员了。他抬着的东西里,竟然没有任何书。图书馆管理员,至少应该带着一本书离开,那样的景象,才会有着让人无限唏嘘的解读意义。他似乎早就料到有人会先入为主地想到有书的出现,于是把自己所有的书都留在了图书馆。从此,他就给自己制造了一个无形的空间,给自己制造了一个无形的图书馆。他的家里,可能还有一个私人图书馆,这样图书馆就不需要重建了。他见到了现实中太多的重建,重建各种建筑,还有精神的重建。精神的重建在一些时候,显得更为重要。

他要走出那个有形的空间,不断改变着的有形的图书馆,这是他最后一次以图书馆管理员的身份出现在那里。他还可以以其他的身份再次出现在图书馆,比如读者,像我们一样。他将像我们面对他一样,去面对一个新的图书馆管理员。这样的情景对我来讲,很有吸引力,只是这样的情景并没有发生。他并没有完成身份转换,他该怎么面对身份变化的现实,很多人将陷入如他一样的困境。

还有这样的可能,他早就想从图书馆里逃离出来,这次离开,于他而言,是一次期待已久的解脱,当然,也是多少夹杂着些许惆怅的解脱。有多少像我一样的人,将会遇到他,也一定有很多像我一样的人会遇到他,并对他印象深刻,且在提到那个无名之人时,感激之情油然而生。

于很多人而言,他一直就是个无名之人,他的名字似乎已经不重要,重要的是他作为一个图书馆管理员的身份。那时,我们的某部分生活在黑暗中。图书馆管理员,他只是在图书馆里对我们有吸引力,作为男孩的我并没有对他的生活产生强烈的兴趣。他会不会是一个独居的老人,在图书馆时是不是对那些杰作很冷漠?在那个幽深的院落里,他沉醉于那些杰作中,在院落里因为一本杰作而激动得无法平静下来,激动地想找个人谈谈那本杰作而又苦于找不到合适的人。

时间过去了那么久之后,我突然间对他的现状产生了好奇。只是现在已很难知道他的近况了,毕竟从一开始,我们之间的关系就太纯粹了,纯粹得只是图书馆管理员与读者这样的关系,丝毫没有其他,比如生活上的联系。这也让我不知道一个图书馆管理员的命运,也错过了一个人的命运对我的命运可能会产生的影响。他从图书馆走了以后,似乎就在那个世界里彻底消失了,没有人遇见过他,至少我不曾遇见过他。我在那个世界里行走时,总希望能无意间在另外一些地方遇到他。有那么一些人，我们想对他们多一些认识，他们却一直游离于我们的世界之外，拒绝我们靠近，只以某种特定的形象存在于我们内心深处。图书馆管理员的形象就是这样，他的形象固定在了一个静默的、近乎僵化的形象上。我在借书的过程中，多次朝他望去，他的姿势几乎没有变化过，有时就像是蜡像馆里面的某个蜡像。

15

请各位看看博物馆的展厅吧！你们会发现，可怜的人们都会因为阅读展品下方的文字说明而忽略了展品。如果取消了文字说明，那损失也不大。

——［墨西哥］阿尔丰索·雷耶斯《马德里画稿》

在一个变形的空间里冥想。一个玻璃的空间，一个有着玻璃色彩的空间。真的是玻璃的空间？仔细一看，又好像不是由玻璃组成的世界。真的是只有玻璃色彩的空间？玻璃的色彩远远不止我所想象的那么单调。这只能是一个与自己所见过的完全不同的空间与世界。至少摆出冥想的姿态，人都闭上了自己的眼睛，只是他们的头部没有可依靠的物，都像是悬浮在那个空间里。他们的头部似乎都已经失去了支撑自己的力，脖颈无力，躯体也无力，无力的头颅靠在了一起，相互支撑，至少是思考的模样。一个不真实的思想者，一个貌似的思想者，一个其实早已失去了思考能力的人，他正努力掩藏自己，不让自己真实的一面显露出来。其实还是很容易就把自己暴露出来，只需要来一场争论，或者只需要来一次真正的对话，一切就显露无遗，幸好暂时没有这样的争论与对话。经过玻璃的折射，那些模糊的人，抽象的人在呼应着变形的空间，人在灰暗的色调中产生了陷入虚无后的迷离与柔软，柔软得已经没有任何硬度。眼眸低垂，对视的眼睛轻闭，已经不再是用眼睛感知对方，而是用呼吸，或者已经不是用呼吸，而是用搂抱在一起的双臂，其中一人的手臂是残缺的，用触摸感受着残缺。不知道人们把眼睛睁开后，会不会出现让人惊诧的情景。如果出现一个盲人的话，我真的不知道该如何面对那样的目光，那就让人们继续紧闭双目，我们把目光集中在好看的睫毛上，还有面孔的线条上，面孔是立体的，同样与空间的立体感相互呼应，而不是遥相呼应。不过，即便没有什么实际的距离，也还是给人以强烈的距离感，因此又有了遥相呼应感。空间的变形，让所有人都有种超现实的感觉，一个荒诞的空间，一些荒诞的人与脸孔。我们细视凝思后，又不再有荒诞感。有人掩着鼻子（这是一个貌似正常的人），有人惊诧地张着嘴（他的目光是混沌的），有人鼻子翕动（眼角有一条粗大的泪痕）。都只是影子，都只是一种可能，我们进入的是一个影子的世界，一个影子正日渐淡化的世界。那些怪异的影子会消失，我们都觉得等那些影子消失后，一切又将回归正常，我们的注意力又将从影子上回到真正的人身上。我们在真实里，将看到与那些影子呈现出来的完全不同的样子。这是我们能肯定的，也是我们在把目光放在那些真实的人身上时，所捕获到的真实。我们已经有多久远离了真实？我们不经意就会远离真实。我们已经离真实有一段距离，我们将重返真实，只是重返的路途布满荆棘。

16

用他自己的话说,为了"感受"被他称为"我一生中最重要的五座博物馆之一"(他一生中参观了5723座博物馆)的巴加蒂·瓦尔塞基博物馆,他一有机会就会去米兰。("博物馆:1.不是为了参观,而是为了感受。2.藏品构成被感知物件的灵魂。3.没有藏品的博物馆只是一个展室。"这是我记录下来的、他最后说的重要观点。)

——[土耳其]奥尔罕·帕慕克《纯真博物馆》

建筑是由厚厚的土层夯起来的,很坚固,那些工人早已经从那个现场退出,一些人进入建筑之内。墙上有一些壁画,线条简单,色彩分明,无比精美,艺术家也早已经离开。放牧的午后与牧羊女,那些羊有角、有长长的胡子,都是白色的。有人头上顶着一些瓶瓶罐罐,里面装着的可能是水,人饮用的。如果与那几只羊联系在一起的话,里面应当还装着那几只羊要饮用的水,水没有人饮用和畜饮用之分。河流的影子消失,很小的溪流消失,它们一直就不曾出现,它们将在众人的梦境中出现,它们还将出现在那几只羊的梦境中。我们还担心头顶着的水罐会不小心掉落在地,一掉落,水就会被沙漠吞噬。世界会变得饥渴而干涸。一些荆棘丛出现,沙漠的色彩单一,粗粝的沙石清晰可见,那是人们生活的环境,或者是人们要行经的世界。多少人将在那个荒漠的世界里生活得很好,多少人将会顺利地从沙漠中穿过。荒漠上的那些荆棘,是羊的食物。那些瓶瓶罐罐里还有可能盛放着骨灰,人们来到那个沙漠,就是为了举行几场葬礼,一些人要同时被安葬于沙漠。那几只羊是放生羊,它们将在沙漠中生活一段时间,要在烈焰中灼烧自己。其中一些羊将在沙漠中迷失,也把自己埋葬于沙漠。一些白骨出现,不是人骨,也不是蚂蚁的尸骨,那是羊的骨头,让这样的猜想有了合理的解释。其中一些羊没有在沙漠中停留很久。那只孤独的羊出现在人群中,也出现在同样有土墙的建筑旁,这可能是一只被选择的羊,一只幸运或不幸运的羊。

  一些人把目光放在了那些壁画上,它们不是连贯的故事,但它们又是连贯的。是讲故事的人,我们将努力把那些壁画联系在一起，把它们组合在一起，让它们成为一个完整的故事，我们已经无法讲述一个又一个完整的故事，这些故事都只能是简化的故事。一个往往没有结局的残缺故事，一个可以被无数人用不同的方式讲述的故事。

其中一个人站了起来，朝壁画上指去，他指的是牧羊图，一幅没有牧羊女的壁画。几只羊聚拢，有些迷茫地朝着某株荆棘望着，单调的色彩让羊群的目光更醒目，你会在单调中感觉到它们的目光。人们想努力从壁画上获取一些宝贵的关于时间的信息。人们要坐在那个空间里，感受着轻抚土墙的风。那些风把一些沙粒吹落在地。沙粒继续掉着。其中一些壁画开始变得残缺不全，就像是用沙子组构而成的壁画，凝固的，与那些常见的沙画不同。有个人在那里用簸箕撮起那些沙子，它们是壁画很重要的部分。

一个破旧的建筑，已经被人们废弃遗忘。在那座建筑之内，我没有想到的是见到了那些具有奇异之美的壁画。只是因为那些应该被好好保护起来的建筑并没有被保护起来，有些壁画已经剥落，其中有好几幅模糊不清。作画之人早已离世，看画的人渐渐多了起来，即便那时看画的人就我一个，别的人暂时离开，别的人正在来的路上。画在风与尘埃的作用下，在那个狭隘破旧的建筑里，渐渐失去了那种可以不惧尘埃沾染的色调，但那些色彩与线条依然给人一种对抗时间的感觉。我们无法说清作画之人在作画过程中的隐秘想法。作画之人是一个隐者,一个隐藏在壁画之后的人。我总觉得每一幅残存的画里都有一双眼睛,或是明亮,或是纯净,或是浑浊,或是锋利,或是卑微,抑或是其他。每一幅画里至少都有一双眼睛,或是几双眼睛的混杂。在那里,总会有脊背发凉的感觉。

在那些残存的画前,我总觉得画里可能汇聚着人世间一切的目光,自己还要受到这些目光的审视,突然,一种羞耻感在那个空间之内奔涌激荡。那些壁画留在了那里,建筑也留在了那里,建筑成了某种意义上的博物馆。当人们在那座建筑门口挂上一个"××博物馆"的字样时,它就真成了博物馆,即便我们无法评判真正的博物馆应该是什么样子,我们也没有任何理由去反驳。我们都知道那里面确实有一些很美的壁画。当我们现在进入其中时,它们早已褪下了神秘的宗教外衣,成了我们一直所希望的那种纯粹的艺术。壁画和我们在那些凿开的石窟中看到的塑像,都以它们在艺术上的意义影响着我们。

我们多次谈论起进入一座又一座博物馆,就是为了改变我们僵化的观看之道,就是在进行一次又一次提升艺术感受力的训练。当面对那些壁画和塑像时,我们的想象力也在朝那些艺术蠕动。如果女儿出现在那些壁画和塑像前,不知道她又会有怎样的感觉。有时,一个孩童的感受力似乎更可靠一些。虽然我不断强调自己已经有了怎样强烈的感受,同时自己的想象又抵达了何处,但是事实并非如此,有时那只是感觉到了敏锐的感受力正在退化的自我安慰而已。

有个人安静地坐着,像塑像,就是塑像,又不是塑像。有个人在那个空间里模仿塑像的样子,一尊沉思的塑像,一尊只在腿部覆盖着一层白布的雕像,他的身体线条分明,不是一个瘦弱之人。他把头转向空间的某处,他看向的地方,并无壁画,那里一片空白。他会不会是画那些壁画的人,一个思考的画师,一个思考着该如何才能把那片空白填满的画师!一个孤独者,与其他三个人隔着一段距离,相互间都是陌生人的感觉,他们之间没有任何交流,只有那三个人彼此之间有过一些交流。那三个人交流的话题,一定与壁画有关,他们的目光、手势以及微微的侧身,都在朝壁画挪移,他们很长时间都保持着那样的姿态。那些壁画值得咀嚼,壁画上的花纹值得深思,壁画上人们露出来的怪异的表情值得深思,壁画的色彩同样值得思考。这几个人的表现,已经说明他们不是外行,他们的专业一定与之有关,他们的身份可能是考古学者。那座建筑虽然并没有文字说明,但从建筑风格、建筑上的图案,一眼就能辨识出它年代久远,至少建于好几百年前。我进入建筑内部之后,在一个隐秘处,确实看到了标注年份的数字,数字证实了我的猜测。

一名文化学者曾跟我说起过,他在田野调查时感受到的狂喜。在遇到壁画和建筑本身的艺术感时,我也感受到了源自艺术的狂喜。我们能想象，画师也会因为自己创造了那些壁画而狂喜。眼前出现了另外一个画师，他想在那些壁画上获取艺术的启示与灵感，他一直沉默着，只是观察。我来到他的身边，他并没有察觉，依然在思考，那些壁画开始在他的脑海里串联在了一起。与几个考古学者模样的人简单聊了一下后——他们确实是考古学者，他们是记忆与时间的考古学者，我的存在似乎有点儿尴尬。他们询问我来这里的目的，我说不出个所以然来，我耻于说出自己的身份。我只是巧合地出现在了那个空间。我多次巧合地出现在了各种各样的空间，并沉浸其中。

为了不影响他们，我走出了那个空间，那个貌似画师的人还一直以那样的姿势坐在那里，一直没有改变。那些壁画所呈现的同样是内心深处极具幻想与神秘的部分。一切似乎是可知的，一切又是模糊而无从表达描述的。极小的空间也可以得到不停地延伸。目光在空间之内不停地穿行，可以折入一些角落，可以穿透厚厚的土墙，也可以穿过时间，让那个小空间不再那么逼仄。如果没有任何关于那个建筑年代的信息，如果我们变得无比浅薄，我们就只能通过想象进入那个空间，并在那个空间行走了。现实中的此刻，我出现在了那个空间，也只是让想象力得到了一些提升而已。

只能在那个空间里看到一个黑影。黑影是一笔浓墨。人影，又像是某种动物的暗影，人影与物影，内部的一种重影。人性中的某些东西暗藏在了动物的皮囊中，或者说，某些兽性的东西在人的皮囊之内生长繁衍，这都可以是对那个黑影的解释。我们无法拒绝对一些画面进行解读，要尽量不偏离画原来所要表达的主题。空间被线条勾勒出来，线条分明，黑色与白色分明，还有一些橘红的部分。黑影从白色中被拖进了橘红色，从白色拖入了彩色，从纯色世界拖入了一个染缸样的世界。两个空间，黑色只有黑影自己，并不是我们所常见和认识的黑色与白色。还有一盏灯，黑色的造型，发出来的光也是浓黑的几点，就像雨水从屋檐落在地上溅起来的水珠那样，只是那几点就是灯光，并不潮湿，而是轻盈干燥。轻盈的光打落在黑影上，黑影不那么清晰了，开始出现了一些模糊。黑影的某只脚已经踏出那个空间，但大部分依然留在空间之内。黑影是要进入空间，还是正准备从那个空间抽身离开？黑影此时的姿势，没有丝毫暗示，仔细一看，其中的一条腿还在白色中，只是很小的部分，那是脚尖。这样的空间之内这样的黑影，有太多可以被解读和曲解的东西。

　　你还在那个空间之外，静静地观察着那幅宁静的画。安静的黑影。一切都是定格的，一切都像是梦的某个安静的段落。脚尖从白色中彻底抬出来后，只能落在橘红色中，另外那只脚所深陷的是绿色，一种在你看来一直在生长的色彩，也是一种适合生长的色彩。那部分色彩繁衍的能力与你希望和想象的相符。比起白色、黑色、橘色，绿色铺染开的范围更大。绿色的空间包围着那个由白色、黑色和橘色组成的小空间，绿色会把那些色彩染绿，或者那些色彩一直在那个小空间内存在着。

我此刻所置身的就是那个绿色的世界，绿色充盈着身心。绿色世界里有谷物的气息。不知道那个暂时把自己封闭起来的黑影，是否像那重浓黑的色彩一样，也被浓黑所覆盖，进而封闭了自己的感官。嗅觉、视觉、触觉，所有感觉器官都被封闭。当黑影在那个封闭空间之内时，会让人无端想到封闭的东西，从黑影的脚来看，那又不是一个封闭的空间，只是看黑影是否想离开，只是看黑影的想法而已。黑影远离人群，去往一个没有人的空间。这很容易就能满足自己，只要把自己封闭起来就行，不用离开城市，不用离开村庄。那些线条成了黑影自己制造的线条，线条消失之时，一切又将被打破。

想在里面对抗内心的一些东西，让内心能够平静。你看到了那个黑影，努力让自己平静下来，黑影可能要面对的是疾病，是妒忌，是生存，是名利，是堕落。你继续观察那个黑影，已经替它设想了生活中可能会遇到的无数种困境。有些困境源于外部环境，源于其他人。还有一些困境只是源于自己，源于自己性格的天然缺陷，和面对那些天然缺陷时的不知所措；或者是根本就没有认识到那应该是自己所要抗拒的一部分——那些可能是时代赋予的，也可能与时代无关，只是在生活的狭小空间里一直存在着的东西。你不只是在为那个黑影设想一些东西，其实其中一些东西也是你所面对的，同时也是你要对抗的。黑影在你的假想中开始变化，不再是安静的。黑影开始对抗，即便那样的对抗依然很无力，那种决绝感你也很难捕捉。我的思绪与那个黑影缓慢地移动形成了强烈对比，我的思绪有一会儿真想穷尽一切关于那个黑影的可能性，甚至在猜测了一下后，还暗自窃喜，只是窃喜的时间并没有持续太久，就开始变得失望。穷尽人所面对的可能性完全不可能，我的猜测只是关于那个黑影与那个空间之间形成的某些可能而已。

如果把那个黑影换成我自己的话，一切就相对明晰了。如果是自己，还能熟悉自己的身份，而如果只是那个黑影的话，那么一切都是陌生的，现实如此。黑影不断在我面前闪烁，只是我并没有靠近它，也没有与之产生联系。那会不会只是自己的黑影？这也是一种可能。黑影低下了头，眼睑垂了下来，从某个侧面来看，黑影还真有点儿像自己，从另外一个侧面看，又不太像自己。从那个侧面看，魁梧的身影，魁梧到必然会行动缓慢，必然在那个空间里慢慢挪动着（与虫子的蠕动不同，与甲虫的蠕动不同），要非常缓慢才能从中走出来。空间里并没有任何声音，灯静默地亮着，没有蚊蚋环绕，黑影静默，没有任何移动的声音。除了我之外，再没有其他人了。黑色成为一个旋涡，在那个空间里移动着，席卷一切，席卷着那个黑影，最终也将把那个空间填满。

我把心思暂时放在了别处,把注意力暂时放在了别处。我想到的是身处孤独城市中的自我,和保持自我的那种艰难。当把目光重新移到那幅画上时,空间里的黑影消失了,以我不曾料想的速度消失了。空间感也消失了。直到空间感消失,我依然没有回过神来。我赶紧进入那个空间,终于意识到那个黑影就是自己。我要进入那个空间,再次成为那个黑影。这样我就不用为那个黑影所困,也将不会为一些困境所扰。

17

  近在咫尺的，还有藏有绘画的罗浮宫博物馆和人群川流不息的林荫大道。我终于住进了我一直梦寐以求的一个地方，几个世纪以来搏动法国热烈而有节奏的心跳的地方，在巴黎的心脏。

  ——［奥］斯蒂芬·茨威格《昨日的世界》

  一个灰色的空间，木质的世界。从木门进来，目光如触摸肌肤般缓慢地在空间内移动，从一个角落移向另外一个角落，从一粒尘埃到另外一粒尘埃，从一个物到另外一个物，在确定没有放过任何一个角落后，发现了与木质世界格格不入的钟表。钟表的指针停在了"12"之上，交叠在一起，时间开始停止，时间也开始沉睡。那个时刻可能是中午，阅读的时间；也可能是晚上，写作的时间。但无论是中午还是晚上，都有可能是睡觉休憩的时间。发现那个空间里并没有摆放一张木床后，基本可以断定那就是工作的时间。

这样的工作时间，与我自己的习惯完全不同。我想把时针拨到"4"或者"5"上，当时针指向"4"时，小说家开始醒来，用冷水洗完脸，进入那个空间，开始写作，继续写一个不断进入陌生空间的故事。小说家出现在了原来金矿所在的那个乡镇上，一个因金矿发展起来的世界。当金矿开始没落，那个世界中的山逐渐变得破败不堪时，一个世界再次回到了它的原点。小说家再次来到那里时，与他曾经熟悉的喧闹繁华完全不同，那个世界人影稀少，破败感让它释放出荒凉的气息，不禁让人有种繁华只是一梦的感觉，他只能想象着过往的喧闹与繁华。小说家要在那个世界里捕捉那些与当下完全不同的过往的气息，他需要长住一段时间。有些东西需要被那个世界不断唤醒，破败的东西往往更能唤醒一些东西。一个操着外地口音的人出现了，他在那里经营着一家旅馆，已经经营了多年，一直只是卖床位。曾经不同的人因不同的目的同处一室。小说家买了三个床位，一张床睡觉，一张床空着，就像有一个伴，还有一张床放简单的行李和一些书。小说家在那里住了一个多月，每天与外地人聊天，聊金矿与乡镇的过往。那个外地人还没来得及从那个世界中退出，许多人就已经离开，里面包括本地人和外地人。本地人和外地人一样，都想逃离这个世界，他们害怕这个世界里散发出来的没落气息，他们曾经因为这个世界的另外一种气息而来，本地人也曾因为那些气息而感到自豪。时间不长，远没有大家想象和希望的那般长，世界又滑向了另一个极端。小说家想描述的就是那种极端。世界将在寂静与荒凉中慢慢恢复。一些植物会在被人们忽略的时间里重新把那个残破的世界覆盖，多年之后，一切都仿佛不曾发生过一样。真能恢复如初吗？小说家多次说出了内心的疑惑。小说家说自己要呈现的是耳闻目睹的世界，是一个真实与虚构的世界，小说的主题将是庞杂的，但小说的主角依然是人，小说最重要的主题依然是人性。

当时针指向"5"时，诗人开始起床，洗个冷水澡，诵经，然后开始写作，写关于寻找岩石藏身之处的诗歌，写关于自己身处世界中的复杂感受的作品。诗人写着记忆，还翻开了一本叫《说吧，记忆》的书，那是诗人最喜欢的书。记忆似乎很容易捕捉又很难阐释。诗人善良而敏感，在一座山中拜谒另外一位逝去多年的伟大诗人。那个诗人一生落魄，不断被贬谪，并最终在那个边远的山中离世。一个现代诗人为一个古代诗人而哭泣。当现代诗人跪拜在地时，阳光穿过厚厚的栎树枝丫，打在了诗人身上。诗人面前是一个毫不起眼的荒冢，只有诗人知道另外一个诗人隔着重重的时间在那里等着自己，那时的阳光之于自己的意义只有诗人知道。诗人出现在一个古道,古道的影子只能在一小段路上捕捉得到,繁密的森林,厚厚的腐殖质层,历史的厚度,一些人行走时留下的足迹被覆盖,被自然覆盖。

当时针指向"6"时,我也开始醒来,同样用冷水洗脸,然后看到了这样一个灰色的空间。我在灰色的空间里抽出了一本书,开始阅读,灯光幽暗。我没有开始写作,自己的写作已经长时间处于停滞状态,生活的庸碌不断消解着写作的热情。我在这个灰色的空间里苦熬着,我意识到自己应该走出暗室,目的地是苍山,是苍山中的村落与河流。

当时针走到"7"时,很多人也将醒来。母亲起床,就着热水喝治疗慢性疾病的药;女儿也将醒来,她会说自己做了一个美梦。我们成了相互熟识又有着自己相对固定的时刻的人。

木质的世界,似乎注定了安静。门把手是铁的,或者是铜的。门是敞开的,书房里面空无一人,只有两张书桌。这也意味着至少有两个人,一对热爱文学的夫妻,或者一对热爱文学的父女;也有可能是同一个人的两种状态,阅读时的桌子与写作时的桌子。也许其中一张桌子暂时是空着的,等着一个孩子,或者等着另外的人。两张书桌旁都没有人。

一个逝去的老人。有人刚刚跟你说起了一个老人的葬礼。两个逝去的老人。你刚刚参加了两个老人的葬礼。还有一个出了意外的年轻人。那个年轻人的岳母无法从悲伤中走出来,把自己关在了家里，年轻人留下了一个有一点点问题的妻子和一个健康的孩子。

当空间是灰色的、黑白的、模糊的时候，那里好像落了厚厚的一层灰。两张书桌，已经很久没人使用了，书桌的主人去向不明，只给人留下一些疑问。当我以自己的方式进入这个空间时，不禁唏嘘慨叹，它把我的感觉和思想扯到了另一端，时间的另一端，记忆的另一端。书桌上面没有任何稿纸，也没有任何书籍，书已经放回书架，稿纸已经放入抽屉，成为暂时或永久的"抽屉文学"。一切收拾干净后，人从那个空间离开。书架是木头的，书桌是木头的，墙是木头的，门是木头的，书也与木头有着一些联系。

时间继续向前，有人开始出现在博物馆里，面对着各种时间，面对着时间的可逆性。博物馆里人影稀少，面对这样的情景，他的内心是矛盾的，既喜又悲。人影少意味着这里不会那么喧闹，人影少又说明很多人已经不再进入博物馆。在博物馆里，我多次有过这样的感觉：与稀少的参观者擦肩而过，我们在某些方面是很相似的人。虽然我们在里面不能大声喧哗，但至少可以轻声谈论与博物馆相关的艺术。现实是我们不曾交谈过，往往是一副相互视而不见的样子。博物馆存在的真实意义往往是模糊的。女儿从博物馆里跑了出来，兴奋地讲述着在这之前她不曾见过的世界，眼睛里闪烁着光芒。那座博物馆，我还不曾去过，只是略有耳闻。

当钟表的时针停在"15"上时，女儿不在我身边，我与另外几个人进入了一家关于建筑的博物馆。它有好几个院子，每一个院子的建筑风格都是不一样的。它们的驳杂多样有着美学上的意义，丝毫没有随意堆放的臃肿感。建筑师出现在我们面前，他说，这二三十年来把自己的全部心血都倾注于眼前的建筑之上。我们都觉得时间过去越久，建筑存在的价值就越发凸显，毕竟一些建筑必然会消失。在那座城里，许多相对有一点点古老的建筑都被拆掉了。我们谈到在一座城市中还是需要一些古老的建筑的。我说一定要带女儿来这里看看这些建筑。博物馆中，时间被切割成过去、现在和未来，生活同样也被切割成碎片。博物馆让我们看到了时间。一些博物馆就好像是为了我而存在一样，那些空间里存放着的就是我一直以来的梦想，不只是关于艺术的梦想。当博物馆成了梦想实现之地后，我的身影便开始频繁出现在不同的博物馆，并努力在那些博物馆中找寻梦想的影子与替代品。诗人想把自己的诗会和画展，办在那个偏远世界的博物馆里。那里是一个寨子，曾经通过火车，还有剩存的枕木与铁轨，那些时间留下的色调也被带入了博物馆。诗人就希望能在那里，和几位挚友分享自己在不断行走和思考过程中写下来的诗，还有那些自己在云南大地上发现的色彩和梦想中的色彩。诗人主要想跟友人强调自己是一个梦想者。

梦想者,这样的表述是模糊的,是多义的,是自由的,是敏感而忧伤的。从类似博物馆的空间走出来,出现在旷野,梦想者因激动而语无伦次,他看到了博物馆之内宁静的色彩真实地在旷野中流淌。梦想者曾出现在苍山。此时的梦想者,正沿着澜沧江顺流而下,去往热带丛林。

18

> 她就像布满灰尘的博物馆里的一尊蜡像,当我凝视着一动不动的她,整个世界都仿佛停滞下来。不同时代的影像在我的脑子里交织重叠。
> ——[法]大卫·冯金诺斯《回忆》

在对那个空间的真实情况还没有真正了解之前,它还没有背负太多沉重的东西。它只是一个纯粹的私人书房,一个真正作为心灵避难所而存在的空间。只是这并不是一个简单的空间,当时代与命运的东西介入之后,它就不再是理想的空间了,它只是某些时间里理想的空间。暂时它还是理想的空间,在里面可以心无旁骛地做一些事情,阅读与写作是最理想的。把灰尘擦拭干净,把灯打开(其实这是一盏废弃多年的灯,已经无法使用）。如果是白天把窗帘拉开，"哗——哗——哗"的声音，想象中的流畅，想象中与阳光照入空间时相似，温暖与明亮，甚而多少有些刺眼的光，现实中却卡了起来——窗帘不小心被撕烂了，发出的是类似人咳嗽喘气的声音，外面正下着一场雨，一时半会儿不会有阳光出现。

把窗户打开，让明亮倾泻进来。只是有窗户吗？至少暂时没有看到，一个没有窗子的空间，再把门一关，就真的封闭起来了。窗户早已被钉死。灰色空间里的一切，带给人的都是压抑的感觉，在那样的空间里，你会觉得喘不过气来。这是一间已经没有主人的书房所给人的冰冷与空落之感。光进来，灰色与黑色将被照亮，将被覆盖，色彩开始把整个空间铺满。那些书籍会因为不一样的封面而被目光区分开来，一些是我熟悉的书，但更多的我不熟悉。

空的空间也是一种隐喻与暗示，一个人或一个群体的命运。无人问津的空间，书籍还在。书籍最终会不会被搬走？如果有窗户，打开，吹进来的会不会是冰冷得让人倒吸的空气，同时唤醒那些灰尘呛人的一面？私人书房，曾经作为一个避难所，如今却以另外的意义存在着。私人图书馆的崩溃，博物馆的消失，记忆的退化，失去记忆的能力（这个空间的存在，就是为了让人铭刻记忆），一个被夺去生命与自由的人，一个民族的命运，能被这么一个灰色的空间贮藏吗？这个空间的存在，似乎又表明了个人命运与群体命运在特殊时代的同一性。

那是在一座博物馆里,被我描述的这个空间以图片的形式呈现,便有了深长的意味。当意识到这个空间背后的空洞时,一切关于这个空间的想象都失去了意义,诗意瞬间被消解,残酷的诗意只能存在于想象的空间。一个空间的背景出现后,那个空间就将是灰色的。让我们再次看看那个空间,停止的陈旧的钟表,两张空落落的上面堆满灰尘的书桌,一些灰色的相似的书籍,一个半掩着的门,照射进来的是灰色的光。

在博物馆里,当面对一些图片、一些实物时,我们会无法遏制自己的想象。在想象中它们不再是图片与实物,它们也开始拥有了自己特殊的空间感。一些图片和实物会让人很难受,关于它们的想象也失去了可以飞升的轻盈。有时,我们同样需要这些让人难受的东西。一个空间与内心之间的联系,对内心产生了影响。我再次在博物馆里感受到了那种特殊的寂静。我们会去关注里面的光线,希望那些光给那个空间带去温暖,只是在进入那些关于"战争与和平"的博物馆时,肉身所能感受到的那种暖意逐渐变得稀薄。我还看到照片中的书房里,一株植物开出了黑白的花朵,黑白过滤了花的色彩。在博物馆里,只有通过想象才能再次寻觅到那些往事的气息。它们已经渐渐淡化,淡化得要让我们付出更多的想象。

19

离开书房,回到博物馆的主厅,在更添幽暗的水晶灯旁驻足片刻,我们看见许多原封未动的黑白照片,告诉我们生命的欣欣向荣。

——[土耳其]奥尔罕·帕慕克《伊斯坦布尔:一座城市的忆忆》

是一只夜蛾。这只夜蛾本不应该出现在这里,零落于尘埃之中。它应该在可以藏身的岩石缝隙里,应该静伏于植物的叶脉中,更应该于夜空中缓慢地扑棱着柔弱的翅翼。它一动不动,无法判断它是否已经死去,姑且算是已经沉睡了吧。夜色中的冰冷感,似乎并没有给它带来那种因冰冷而常会有的震颤。夜色中的它有着那些错综复杂的纹路。它们经常会迷惑人,给人的感觉是始终醒着。

关于这只夜蛾有几种可能。第一种,这是一只还未失去生命的夜蛾,只是在那个空间里停一会儿。在明亮的灯光里,黑色纹路很醒目,那是安静的黑色,它根本就不动,也根本就没有想飞起来的迹象。夜蛾的来处,我们并不知晓。夜蛾还应该有一些同伴,但在明亮的光线中,只有那一只。如果把它与人联系在一起的话,那么可以说这是一只离群的夜蛾,它只想安静地出现在那个空间,然后安静地贴着地。即便有人抬起脚差点就踩到它了,它也丝毫感觉不到危险降临。我抬起脚做做样子。我面对的是一只虚弱的夜蛾,是一只可能已经意识到无法逃脱被踩踏的命运的夜蛾,是一只正努力慢慢苏醒然后飞走的夜蛾。我没有踩下去的理由,并不是内心深处那时突然对一只夜蛾生出了几分悲悯,而是因为那时的夜蛾足够美,特别是在光影效应下,它曼妙的一面会激发起内心深处某种很难说清的情感。还有一种可能,这是一只已经死去的夜蛾,一只因为在夜间迷失方向而死亡的夜蛾。你见过太多夜蛾乱舞的情形,却很少见到像落单的大雁一样的夜蛾。在这之前,你似乎从未真正注意过它们。此刻,这只夜蛾以及它所处的中心位置,以及落在它身上的光,让你必须要注意眼前的这只夜蛾。

也许,从那里离开后,夜蛾会在某个梦境中出现,那时它将是一只诡异的夜蛾。一些人迷恋出现在梦境中的夜蛾。我还未跟那个人说起,是他跟我提起了梦境中的一只夜蛾。那是生活在热带河谷中的一个老人,老人赋予梦境中的夜蛾以不一样的意义。夜蛾就像热带河谷中那些蛀蚀着建筑的白蚁一样,蛀蚀着老人。

一些人迷恋那种被我多次提到的像蜘蛛一样的虫子。那是在苍山上的某个村落里,有个老人坚信自己丢失的魂魄就是那种虫子。老人请了一位祭师去庙宇做了一次祭祀活动,用香在庙宇的角落里熏着,希望那种虫子能爬出来。祭师还为一些孩子寻找那种虫子,他们在受到惊吓后,需要喊魂和招魂。还有很多人让祭师帮忙寻找它们,人们都坚信自己与那种虫子之间有着隐秘的联系。没有人会觉得把自己的一部分与卑微的虫子联系在一起很怪异,也没有人排斥与之产生联系。我们可能觉得自己的生命同样很卑微,自己与虫子这样的生命同样平等。或者就不曾有人往这方面想,那只是时间长河中留下的对那种虫子与人之间的对应关系的常识。

当意识到这些虫子与我之间同样有联系时,我顿时不敢再轻看那些虫子了。平时,我们很难见到那种虫子,它们往往生活在庙宇的隐秘处。我加入寻觅的人群中,我们都变得小心翼翼。我们同样变得特别专注,那种专注在平日里似乎已经很难拥有。我们会因为找到那些虫子而狂喜,我们同样会因为没能找到它们而沮丧。找不到意味着我们还需要举行一次祭祀活动,要重新寻找它们。我们看到它们很像蜘蛛，又不敢肯定那就是蜘蛛，那也不可能只是蜘蛛。我知道它们就是蜘蛛的一种，与常见的那些蜘蛛相比，它们显得太小了，不像那些硕大的蜘蛛，会给人带来感觉上的不适。这样微妙区别的原因无法道清。

在热带丛林里，人们寻找的是植物，往往是榕树。榕树很粗壮，气根庞杂，气根又可生长出新的树。人们不断出现在粗壮的榕树下，举行一些祭祀活动。在热带河谷生活的那几年里，我不断出现在那些榕树林里。我们面对那些榕树，对生命与未来又充满了希望。我们把关注点都放在了植物的生长上面，希望自己的生命就像榕树生长的样子，就像热带丛林里那些繁茂生长的任何植物一样。

我们很难想象在什么样的情形下，人们让自己的生命与那种虫子实现了对等。相对于虫子而言，植物要更合理些。在植物上一眼就能看到诸多想要攀附的理由：那时我们成了攀缘植物，缠绕在那些植物上面，以获取更好生长的滋养。虫子却不同，那是让我们一眼就感到有些不适的生命，如果不是因为它们进入了传说与现实，我们将无法理解那种文化现象。

在苍山中的某个彝族村落里，人们供奉的是蜘蛛。在他们的传说中，那个村落的人在战乱年代遭人追杀，大家躲在洞中，是蜘蛛在极短的时间内在洞口织上网，给那些追杀他们的人制造了一种不曾有人来过的错觉，才得以逃脱。那些人因感恩而开始供奉蜘蛛，蜘蛛成了他们的图腾。我们理解他们对蜘蛛的感情。但对那些如蜘蛛般的虫子，我们却说不出个所以然来，它们只是在延续着一种文化现象，还在延续着别的什么。我们认真对待一只虫子。我们把寻觅到的虫子密封在装满苦荞的碗里，用苦荞来喂养它们。我们不曾担忧过密封会让虫子窒息。碗放置了几天后，我们打开碗，神秘的事情发生了：没有虫子的尸体，碗里只剩下我们熟悉的苦荞。虫子不在意味着它早已毫发无损地离开了碗。人们的解释是那只虫子回到了曾经失魂落魄的人身上。一只虫子让人再次回归正常，我感到不可思议。任何人在面对这些事情时，都会觉得不可思议。虫子以那样的方式，完成了自己不是虫子的论证。当我只是小孩时，面对这样的情形越多，就越发对这只与我们的精神联系在一起的虫子感到惊奇。当我在一座关于祭祀的博物馆里，看到一个有裂口的碗时，我能肯定那就是曾经被我们用来放置那种虫子的碗。只是碗是空的，碗已经不是完整的碗，碗上的一些釉质不再温润有光泽。

　　从现实中暂时抽身，把心灵交给动物或植物。第一次发现了不同的地理环境把世界切割成了不同的文化空间。那是地名背后的不同。小说家胡性能老师多次跟我说起地理对文化的切割。在他看来，这样的切割在云南这块土地上表现得更加突出。我们都在感叹，事实确实如此。我们不仅看到了不同的山脉与河流，还看到了不同的民族与村落。说起大理，脑海中会浮现出一张又一张在风中飘动的甲马纸。甲马的模型被随意摆放在那个甲马博物馆里，我们看到了很多不常见的甲马模型。我们从集市上买回制作好的甲马纸，贴到墙角，贴了一段时间的甲马纸被拿了下来，用火焚烧，抬到某条河边，让它顺河流着，那是甲马的河流。说起那个热带河谷，头脑中闪现的是人们穿着华丽的傣族服饰，或者其他民族服饰的情景，那是初次进入热带河谷时留下的强烈印象。那天恰逢傣族传统的赶摆节，许多人都换上了盛装。人们出现在一片榕树林里，在人们赶集的同时，还有一些独属于那个世界的歌舞表演。在别的日子里，还有一些人砍伐甘蔗林，还有一些人进入香蕉林，还有一些人去摘咖啡豆，那些人里面都有着我的影子。说到丽江，我想到的是雪山下一个村子里的壁画，人们开始临摹那些壁画，让那些壁画出现在各个世界中。说起其他地名，又关联着一些不同的地理环境与文化习俗。这是地名背后的不同。还有一些小地名同样也在切割着一些东西，那是一些更为细微的不同。

我们像发现那只鬼蛾一样，发现了地名背后的世界。那只夜蛾的出现，以及对鬼蛾的想象，同样也表明地理在切割着一些印象与认识。我进入了一个很大的地理空间，感觉自己同样被那些地理空间切成了各种碎片。我的一些碎片属于热带丛林，我的一些碎片属于苍山，另外一些碎片属于出生地。它们伴随着我在不同世界里奔走，它们有时看似是一个相对完整的个体，但更多时候已经不是了。

那只夜蛾，会不会是鬼蛾的一种？另外一个小说家梦见了鬼蛾，在一座荒芜的山中，在某个墓地里，突然飞出各种各样的鬼蛾，只有那些鬼蛾陪伴着孤独的自己。梦是荒诞的，可能也有一些隐喻和暗示。那段时间，小说家陷入一种虚无与感伤的情绪无法自拔。梦的出现，在她看来，总有一些理由。小说家开始写一篇题为《鬼蛾》的小说，她写这篇小说时，时间总是在半夜，这样的写作行为和写作习惯如鬼蛾般诡异。她说自己故意要制造一种诡异的感觉。她说在写鬼蛾之前，自己确实在现实中的某座山里看到了许多鬼蛾。她总觉得，鬼蛾是幽灵般的造物，好像那些鬼蛾知道她在找寻它们一样。鬼蛾就是为了出现在她面前。在光线的作用下，鬼蛾有点儿飘忽不定，先给她视觉上的震撼，然后给她灵感。她说自己很快就想到了小说的题目，就叫《鬼蛾》。

鬼蛾美丽吗？我知道这样的疑问本不该出现，鬼蛾因为它的名字，注定不会与美丽有任何联系，即便它确实美丽，但也无法用美丽来形容。那只夜蛾，当我用"美丽"来形容它时，觉得很贴切，那是命名的缘故，即便它可能就是鬼蛾。眼前的这只夜蛾，似乎与诡异并没有多少联系。一个平静的世界，不是险象环生之地。一只濒临死亡的夜蛾变得很脆弱，美感也只是它脆弱的一部分。只能把夜蛾放入自己制造的那个空间里，它已经无法逃脱那个空间。如果一阵风袭来，或者一场雨落下，都有可能让那只夜蛾从那个空间里消失，也很可能让我无法遇见那只夜蛾，并让目光在它身上停留很长时间。面对这只夜蛾，我突然感觉到了内心的冷漠，那种冷漠一直存在，只是在关注那只夜蛾时，暂时弱化了而已。似乎这样才有了假设的那几种可能，一种已经死去，一种依然活着，还有一种可能是在沉睡，在那个冰凉的地上沉睡。我相信这样的可能，毕竟我曾在一个冬日的凌晨，见到一只壁虎正贴着冰冷的电线杆沉睡。我要叫醒它吗？还有其他的可能吗？我绞尽脑汁地想着其他可能。我与它恰巧在那里相遇了，我感觉到了某种相遇可能会带来的眩晕感。我不去管那只夜蛾的死活。离开那个空间，夜蛾就不再出现在我的注意力所及之处。我多少感觉到了丝丝缕缕的疲惫感。在灯光变得有些晕黄，水泥路旁有一些已经收割完庄稼的世界里，你很容易会疲乏。如果是在白天，在庄稼正在生长或者正在成熟的季节里，疲乏感就不会那样强烈。如果真的感到疲乏，那只能发生在热带丛林中，我们会在闷热中变得汗津津的，我们会在热风中感到很疲惫。

我又想起诗人曾跟我们说，一些人从一个海拔很高的苦寒之地搬迁到海拔很低的热带河谷，他们无法适应，纷纷逃离了那个他们不曾见过的富庶之地，宁愿回到原先那个贫瘠之地。

在充盈的氧气和闷热的气息中,他们一直昏昏欲睡。他们昏昏欲睡,热带河谷中的那些植物却一直在疯狂地生长着。大家一开始听到诗人说这些时,忍不住哈哈大笑,我也是其中之一,但等诗人讲完后,我们突然间静默下来。那种看似荒诞的情形,其实蕴含着一个很严肃的话题,那是关于故乡与他乡的命题。有一段时间,那是刚刚来到热带河谷的时候,我也有了类似的体验,会莫名无力、烦躁。我终于意识到自己与那些人一样,也终于理解了为何怒江边的某个移民搬迁点里,很长时间一直没有人,只有一些把舌头伸得很长的狗。狗跟着搬迁的人来到这里,人逃回去,一些狗却留下了,它们等着主人,主人却一直没有回来。在那个热带河谷中生活的那几年,我还看到其中有个地方,怒江在前面滚滚流淌着,标准的房子建好了,却迟迟没有人入住。传言说山顶的几户人家要搬到那里,但与诗人口中的那群人多少有些相似,他们同样有一时半会儿无法适应海拔的变化。

那只夜蛾也感觉到疲乏了。夜蛾也无法忍受我的絮叨了。夜蛾已经苏醒,震颤着飞离了那个空间。真的发生了吗,还是不曾发生过?

我们会在内心深处喂养一些生命。一些人会在现实中喂养某种看似怪异的生命。在热带丛林中,传说有一些人家会在厨房里养鬼。人们说得有板有眼,说看哪一家人养鬼就看他们的厨房，如果他们的厨房很干净，同时又没有多少余粮，那么那家人往往就是在养鬼。养鬼的人家会越来越穷。我感到不解的是养鬼会让自己变得更穷，为何他们还固执地继续养鬼。热带丛林中，总会有这样一些很神秘的事情发生着。他们养的鬼是什么样子的，却没有人跟我说，那些讲述者往往欲言又止。有好几次，我主动问起，他们回答得都很含糊。那些关于养鬼的传统依然存在，也意味着热带丛林中的一些神秘还被那些绿色植物覆盖并滋养着。

我没有跟小说家说起养鬼的事情。小说家只能在精神空间里喂养一只鬼蛾。小说家说我记错了，不是看到了鬼蛾才开始写以《鬼蛾》为题的小说，而是写了那篇小说后，鬼蛾才出现。她这样强调，必然有一些深意。也有可能她只是在陈述事实，话语中并没有任何深意。只是当我们有意去揣摩这样的说法时，它才因这番解读有了另一重意味。

另外一个小说家，要写一篇题为《鳄鱼》的小说。小说家出现在了热带丛林，亲眼看到了那些在混浊的水中安静地生活着的鳄鱼。在这之前，在她的印象中，鳄鱼只以影像的形式出现过。小说家从一个平原中的城市，一个已经下了一场大雪的城市，来到了云南的那片热带丛林。这完全是两种不同的感觉，面对的植物完全不同，面对的动物同样完全不同。在小说家看来，自己来到了一个曾经觉得很遥远的想象中的世界。如此遥远,一直以为只能依靠小说才能抵达。一股热气扑面而来,一些植物甜腻的气息扑过来。我熟悉这样的气息,当我第一天去那个热带河谷中的乡村中学报到时,朝我扑来的就是这样的气息。

在面对那些鳄鱼时,小说家总觉得那是一种危险而冷血的动物。有那么几次,小说家靠着那些栏杆和鳄鱼合影时,鳄鱼会先悄无声息地沉下去,然后出现在离小说家很近的地方。这样微妙的距离变化,佐证着小说家对鳄鱼的判断。小说家笔下的鳄鱼,会是什么样子的?我一直很好奇,毕竟我也在那个空间里生活了一段时间,我和小说家的某些感觉很相似,鳄鱼的存在让那个空间充满了危险与不可知。

一群人聚集在那个广场上,围着篝火舞动着,一切需要释放的情绪都在那个空间里得到释放。和小说家一样,我也无法忘却不远处的湖里养着的那些鳄鱼。我们结束喧闹,在返回各自房间的途中,要路过那个很小的湖泊,宁静,湖心处偶尔会响起石子落水般的声音。危险在浓烈的夜色中弥漫。在清晨的浓雾中,世界变得清澈又模糊。小说家早早起来,出现在湖边,阅读和思考。小说家读的是托卡尔丘克的书。小说家说这是一个很聪明的作家。其实我想说,她不仅仅是聪明,聪明往往会让人误解,也会贬低一个作家的价值和意义。鳄鱼离我们有点儿距离,我们竟会担忧鳄鱼早已翻过铁丝网进入了前面的湖里。

这样的担忧竟多次出现。大家都觉得不可能，但有时又会觉得很有可能。

　　两位小说家在面对两种不同的生命时，内心深处一定也有着不一样的感觉，只是这些生命带给人的一些感受，可能又十分相似。鬼蛾是易逝的、柔软的、轻盈的，鳄鱼则完全相反，是笨拙的、坚硬的、缓慢的。相同的是两种生命带来的不适感，它们都会让人莫名想到死亡，想到潮湿，想到生命的变形。面对它们，面对的又不止是它们。我本来想跟《鬼蛾》的作者说起那个要准备写一篇题为《鳄鱼》的小说的小说家。那个小说家曾跟我说起，鳄鱼与其他许多生命不同，鳄鱼和蛇、蜥蜴这些生命很相似，它们天然就给人一种不可接触感。天然的距离感充斥着的不只是冰冷，还有防范，类似于会折磨人的冷漠、嫉妒、恐惧。一些东西被鳄鱼坚硬的外壳所囚禁。鳄鱼就喜欢那些混浊的水吗？鳄鱼的那种安静，那种对外部世界的忽视与不屑，至少给人一种乐于生活在那种环境中的感觉。那些鳄鱼在一个很小的水塘里，水塘边是一些热带植物，然后就是把整个水塘围起来的铁栏杆，铁栏杆很高，还有一部分围顶。都是铁质的世界，坚硬的生命与坚硬的物质。人们都知道危险的气息在那个空间里萦绕，让危险的气息变弱的方式，就是用坚硬的铁栏杆围成一个半封闭的空间，鳄鱼能看得见天空，在夜间还能见得到星辰。对鳄鱼而言，那个空间早已是一个封闭的空间，只能在那个空间里生活。它们走不出那个空间，将一直生活在那里。我们也可以进入那个空间，只是没有人愿意进入那个空间，那个给鳄鱼投食的人，也只是从围栏上面把食物丢进去，丢进混浊的水里，鳄鱼会自己过来吃。

小说家在写鳄鱼时，她思考和感觉到的这些东西，很有可能就是小说会呈现的东西。我们都忽略了那里除了铁栏杆，还有藤生植物。藤生植物还开出了玫红色的花，植物和花的出现，让世界不只剩下坚硬，还有了一些柔软和色彩。小说家没有跟我提那些植物，也没有提正在盛开的花。我是不是有必要跟小说家说说，那样小说家在写作时，可能会触及一些在这之前完全没有想到过的东西？我把她们放在一起，近乎是在进行一种比较，这一过程中，让我产生强烈兴趣的是她们对待不同生命的那种感觉，而不是她们的小说本身。如果说《鬼蛾》适合在夜间写的话，《鳄鱼》也适合在夜间写。白天，与鬼蛾相遇，或与鳄鱼相遇，可能都不会像在夜间遇见那样给人带来脊背发凉的感觉。在白日里，你还能看清鳄鱼的行踪，它们沉浮于那个很小的混浊的水塘里，你能一条接一条地找到它们，在夜间，这几乎是不可能——它们可能在风吹草动之际就已经离开了水塘，目标可能是人。它们貌似已被捆缚于水塘，真的不能从水塘中逃离吗？这是小说家的疑问，也是你的疑问。

我多次出现在热带丛林。第一次出现在热带丛林时，只感觉到燥热烦闷,只想着快速逃离,毕竟自己不曾在那样热的地方生活过。以前生活的地方,每到冬季,冷风就呼呼地吹,寒冷刺骨。直到冬季,我才真正意识到自己很喜欢热带丛林,植物的繁盛状态是我在那之前不曾见过的。让我惊诧的是热带植物所呈现出来的生命力。我还喜欢繁盛的植物所带来的色彩感。攀枝花开放了,那是冬季热带丛林中最绚丽的色彩。这种植物往往喜欢生长在河边。我见到的是怒江边的攀枝花,与河流的绿色相互掩映,让整个世界透着让人激动的洁净感。我多次毫不掩饰自己内心的激动,跟很多人说起冬天的怒江与开放的攀枝花。热情与张扬,是热带河谷在平日里的特点。在冬日,湛蓝的河流给人的感觉与平时不一样,当我们看到那种清澈与宁静时,攀枝花突然就开放了,开得很绚丽,世界又呈现出它热情与张扬的一面。在那样的世界中生活,必然会被世界本身感染。在那个世界里做的梦,也同样是庞杂的、纷繁的、热烈的。每次想到世界应该有的色彩与洁净——热带丛林中的河流,热带丛林本身就是洁净和色彩斑斓的——总觉得在热带丛林中走着走着,一条又一条河流就会从那些热带植物中流淌出来。很多时候,植物和河流都包裹在蒙蒙雾气之中。绿色的世界总是给人一种模糊感。

我在热带河谷中生活了几年,然后又回到了苍山下。返乡并没有使那个世界留给我的那些美好记忆淡化。在热带河谷生活的时间,是抒情的时间,人与人之间的情感浓烈得就像那个世界的气候一样,人们依然在用一些节日来表达对自然界的强烈情感。我同样在那个世界里,开始让自己的情感变得饱满热烈,开始毫无顾忌地谈论美。那时,我们并没有任何谈论美、谈论大地、河流、植物是陷入"大词"的感觉,那些我们所厌恶的"大词"并不存在,我们甚至可以在那些热带丛林里尽情谈论理想与自由。这些稀缺的,或者在很多人看来就是"大词"的东西,在那里我们丝毫没有这样的感觉。那几年,我们习惯于毫不隐讳地表达自己的爱。我们可以只穿着球衣球裤,再穿一双拖鞋,骑一辆小摩托,就在那些村落里到处走,或者就在一些村落唯一的街道上喝点儿酒。没有人会拒绝和鄙夷那样的真实。我们与一些人成了朋友,经常会出现在他们家中,饮酒,谈论理想与现实,并发现理想之光似乎已经照进了现实,同时也隐隐意识到自己某天将会离开那个热带河谷。

热带河谷的气候,不断改变着我们这些外来人。热带河谷中的很多东西,也在影响着我们,并改变着我们对世界的看法。在那之前,我们看世界的眼光总是单一的,有着类似寒冷地带的僵硬。我们忍受着热带丛林夏日的烦闷,却也享受着热带丛林冬日的凉爽。我们不用忍受植物在冬日里大面积凋败带来的落寞感。那时,总觉得自己身体和精神的一部分,就是被那些植物一直滋养着的,我们也成了某种植物。我们出现在了香蕉林里,看着香蕉树上挂着的一串又一串行将成熟的香蕉。我们也出现在了某棵牛肚子果树前,一边担忧牛肚子果会落下来把人砸伤,一边还想着该如何摘一个硕大的牛肚子果拿回家。那是对热带丛林的印象,同样也是一直无法从热带丛林中走出来的主要原因。

那是在另外一片热带丛林中,是在冬日,还有雨,还有雾气,植物的繁盛与我在热带河谷曾见到的如出一辙。还有很多相似的植物,还有一条相似的大河,只是河流的名字不一样,一条叫怒江,一条叫澜沧江。还有许多不一样的东西,在那个热带河谷中,没有养鳄鱼的人。而在这片热带丛林中,有一个喜欢养鳄鱼的人。你只能认定那是一个喜欢养鳄鱼的人,如果不喜欢,就不会轻易养一些鳄鱼了,鳄鱼与那些常见的生命不一样。如果是在水塘里养一些鱼,那是很多人都会想到并且会去做的。如果是在水塘边种植一些独特的植物,那在你看来也不是很奇怪的,比如种植棕榈科的一些植物。养鳄鱼就不一样了,这种行为有一些不可理解的意味。只是为了吸引一些人过来看,才有意养那些鳄鱼吗?如果真是这样的话,你多少会感到有些失望,这意味着一切复杂的假设与想象,都变得很简单,简单得与那个世界的丰富庞杂不一样。你想见见那个养鳄鱼的人,但直到离开那片热带丛林,养鳄鱼的人都不曾出现。你观察了好几天,也不曾见到喂食鳄鱼的人,只看到了喂食过的迹象。喂鳄鱼的人，一定在夜间出现过。一种可能是，每次喂鳄鱼的时间间隔很长，还有一种可能是，喂食的人忘记喂它们了，那它们可能就是一群饥饿的鳄鱼。我又忍不住开始各种猜想，仅仅只是猜想而已。鳄鱼出现在热带丛林中，我们并没有感到怪异，反而是提到鬼蛾时，总觉得无论它们出现在哪里，都会稍显怪异。就像我们认定鳄鱼是冰冷和危险的，我们也认定了鬼蛾与死亡之间的联系。

夜间与这两种生命相遇，是完全不同的感觉。鬼蛾，你总觉得是一些已故生命的复活，也是很多人认为的一种复活。两位小说家，如果她们相遇，并且都知道对方最近写的小说，她们会怎样互相评价？现在成了我评价她们。我不知道该如何评价她们。我只是以自己的感觉去触摸这两种完全不同的生命。我变成了鳄鱼，然后鳄鱼又变成了鬼蛾。鳄鱼会变成鬼蛾吗？好像我们从未思考过这个问题，一直以来，我们只是想到死去的人会成为一只小小的鬼蛾。我们也一直认为我们的魂魄只是一只小小的类似蜘蛛的虫，只要那只虫子在，我们就不会失魂落魄，不会焦虑，也不会不安。我又一次出现在了那个抗战烈士陵园，众多小块石碑下面并没有尸骨。在那个世界中，会有一些鬼蛾存在。落日将要从远山上落下，我赶紧夺路而逃，真的害怕会遇见一群鬼蛾。它们从那个世界的某个角落里仓皇诡异地飞舞起来，漫无目的地飞舞，缓慢且徘徊不定地飞舞。它们都将只是鬼蛾，同一种类的鬼蛾。那些曾经因战争而死亡的年轻的生命，最终也将成为同一类人，他们都是与战争有着千丝万缕联系的无名之人。我看到那些石碑上刻着的是数字，没有名字。

写《鬼蛾》的小说家说自己的内心深处一直生活着一只鬼蛾。怎么不是一群？面对我的疑问，她可能会感到有些不解，竟然会有这样的疑问。一只鬼蛾就已经足够。她知道有那么一只鬼蛾，正等待着自己用细腻的笔触描画出来，描画出它的轮廓，描画出它的图案，描画出它翅翼上行将抖落的灰尘，还有它的大小——要比我见到的那只夜蛾大很多，还有它那像眼睛一样的花纹。那双眼睛与人对视，当你把目光移开，它依然在追随着你。我与小说家身处不同的空间，遇见的只是一只小小的夜蛾，她在那座山里（山里有着一些孤坟，一些已经没有主人的坟墓，里面安葬的是战乱时代牺牲在那座山上的人的尸骨，一些残缺不全的尸骨）看到了那些硕大的鬼蛾。与内心深处孤独的那一只不同，那里的鬼蛾很多，都做出振翅欲飞状。如果一群硕大的鬼蛾在那个特殊的空间里，像被惊起的鸟群一样飞起来，慢慢变得轻盈起来的话，那将是什么样的感觉，你无法想象，也不敢想象。只是出现了一只，就已经唤醒了关于那个空间过去的一部分现实，那些你以为早就已经遗忘、早就已经淡化的东西，竟然会再次出现，让人措手不及。如果是众多的鬼蛾出现，将唤醒更多、更庞杂的过去，当一些记忆被唤醒，我们将承受这些记忆带来的痛楚。有人将无法忍受关于战争的记忆，有人将忍受一直无法解开谜底的记忆的折磨。

我正在看《移民》，这本书中就有人因为无法忍受记忆的折磨与消耗而离开了世界。我继续阅读《移民》，花费的时间远远超出了原来的计划。那是很缓慢的阅读过程，记忆与遗忘是它的主题，里面的哀恸与悲壮总是让阅读的速度无法变得快起来，它们压在身上，我成了一个费尽心力挪动着自己的人。只有鬼蛾才知道它们真正的痛苦。小说家要制造一个空间，用来安放那些鬼蛾的空间，用来埋葬那些死去的鬼蛾的空间。现实中的那座山很适合，地下的世界也很适合。鬼蛾成了一种临界式的生命，它可以轻松往返于生与死两个世界。只是在生与死两个世界中充当特殊角色之后，它往往因为负重而很难表现得轻盈，这样我们就经常看到它们贴着地、贴着植物、贴着岩石，一副羽翼潮湿而暂时无法飞起来的形象。她说，这样的一种生命，是不是很诡异？经她那么一说，鬼蛾确实如它的名字一般释放着诡异的气息。

我出现在那座战争博物馆时，曾在博物馆的那些角落里寻找它们的身影，还希望在博物馆周围的自然界见到它们，只是让我感到遗憾又庆幸的是根本见不到它们的踪影。我知道它们一定就在那座博物馆的某个角落里，以向死而生的姿态静静地等待着,然后突然出现在一些人面前,让人不由得一惊。人们在注意到它们的同时,可能也会产生一些关于生命主题的严肃思考。我们需要那种让内心一颤的物与生命。有时,博物馆存在的意义似乎便是这样。当我们的某一部分沉睡了,某一部分变得迟钝了,就需要被唤醒,只有被唤醒,我们才不会继续滑落下去。除了《移民》外,我还同时阅读着其他某个作家的札记式的文字,那是他一直不曾停止的思考的呈现,所涉及的命题很宽泛,如道德与美学、语言与经验、生命与意义、书写与阅读、哲学与思想等。札记虽短,蕴含的内容却丰富驳杂。这些札记是作家在碎片化时代,作为一名知识分子对人类精神与命运的思考,也是建立在厚实的经验、敏锐的触觉、诗性的智慧、深邃的思想之上关于独特思想的诗性话语。这些札记让我们在不经意间就会被思想之光照亮;这样的札记,也会让我们在快节奏的生活中,重新获得一种缓慢而又极其有意义的思想状态。

  小说的主题必然要涉及生死,当我把这样的想法跟她表达后,她说,其实并不如此,鬼蛾在这里只是隐喻。小说写得并不顺畅,有一段时间她不知道该怎么写。无法写作的痛楚撕扯着她,她悲观地意识到自己很难从无法写作的泥沼中走出来。泥沼中可能会飞出一些鬼蛾,鬼蛾的速度可能依然缓慢,但它们会缓慢地从泥沼上空飞过。我们都不知道它们的来处,只知道它们会飞过泥沼。鬼蛾会把你从泥沼中拯救出来。她同意，又不同意。当我们深陷在生活的泥沼中时，是不是最终也会有一只或者一群鬼蛾来把我们拯救？

我们继续谈论鬼蛾，继续谈论鳄鱼，继续谈论壁虎。鬼蛾突然出现在了她的梦境中。梦在不停地延续着，同一只鬼蛾出现在她不同的梦境中，出现在不同的世界里。在梦中，她不只是此刻的自己，还是女孩、老人，而那只鬼蛾并没有随着她的变化而变化，鬼蛾一直是那种奄奄一息的样子，一直是那种缓缓移动的样子。小女孩看到了那只鬼蛾，感觉很美丽，没有任何诡异和怪异的感觉。她长时间地注视着鬼蛾，在那双图案似的眼睛里，看到了别人的眼睛，一双和善的眼睛。那时，鬼蛾只剩下那双眼睛，不再是鬼蛾，小女孩的内心深处，已经没有了虫子的概念。曾有过这样的概念吗？她在记忆中搜索着，似乎经历了一个异常艰难的过程，那是对世界的认识的艰难过渡。过渡结束，一切都变得分明清晰，世界之内的不同，生命之间的不同，她都已经有了分辨能力，而在很长时间里，区别并不是那么明晰。在面对一只虫子时，她并没有丝毫诧异，而当内心有了那种分辨能力之后，她看到的虫子就只是一只虫子了。她把一只鬼蛾带了回来，继续观察它，在观察的过程中感受到了多年以后，她从艺术中感受到的那种狂喜。她突然间就不再是小女孩了，回归了此刻的自己。鬼蛾就在这样的情形下，失去了它的真实，已经被人们赋予了另外的意义。鬼蛾再不能是它自己了，就像那只像蜘蛛一样的小虫子，当我们在庙宇里到处找寻它的身影时，它就已经不是它自己了。那只虫子也一定在努力回避我们，但我们不会错过任何机会，我们一群人都在注视着那些角落。它终于出现了，被放入了碗里，我们才多少感到心安。

我们需要鬼蛾吗？好像不是那么需要。只是我们不需要，另外一些人可能就需要，他们可能也像我们需要类似蜘蛛一样的虫子那样需要它们。她需要鬼蛾吗？她说在一些时间里，自己是需要的，即便已经不再像小时候那样需要它们。等她成为老人时，那只鬼蛾的形象会不会在她的内心发生一些变化，或者随着年龄渐长，那种形象会在心中固化，甚至在面对生与死时，这些鬼蛾成了不祥的东西，暗示老人死之将至？她还不是老人，拒绝这样的假设与联想。

我们谈论鳄鱼。鳄鱼在要写《鳄鱼》的小说家的童年里是缺席的，多年以后，突然之间，她开始近距离地与鳄鱼相遇。那是没有任何铺垫的相遇，她一眼就认出了鳄鱼，并面露嫌弃之色，她打心底里排斥鳄鱼。我们谈论的是在不同年龄段面对它们时的感受。我们谈到了壁虎。其实我们并没有谈到壁虎，这只是我的想象。我想，我们谈论壁虎，肯定不会像谈论鬼蛾和鳄鱼那样。相对于这两种生命而言，壁虎身上暗含的神秘性并不那么浓厚，它还相对可亲。我在热带河谷中生活的那几年，壁虎经常会出现在我的卧室里，成了我最好的同伴。鬼蛾无法成为很好的同伴，鳄鱼同样如此。在热带丛林中生活的那些大象，却有可能成为很好的同伴，当然很多也不能。

20

我信步走过数个世纪,就像是一位千年老人,在回忆中沉思。这是我本人的回忆吗?不,当然不是,可博物馆若不能带来一段集体的回忆,让你能融入其中,则要博物馆何用?

——[荷兰]塞斯·诺特博姆《流浪者旅店》

我再次出现在那个空间,以梦境的方式。梦境的色调不是灰色,也不是暗色,而是米黄色,暖色调。那是一座古老的建筑,怀旧的色调在里面同样充盈,那不是一看就会刺激你,并把你引向感伤的色彩,它把你引入另外一种情境。我们把注意力放在那些色彩之上,多少梦境我们都已经遗忘,只记住了梦境的色彩。如果我们还生活在那个住着解梦人的村落里,这样的梦不知道会被如何解读，这样的梦境会有着怎样的暗示。那些解梦人已经老去，无力再去解释任何一个梦了。

从梦中回到现实。你以为再次近距离走入那个空间之内，一切都将变得清晰，一切也将在原来的基础上更进一步，一种所谓的认识论上的进一步。真是这样吗？连接我与那座建筑的纽带，是那些壁画。如果没有那些壁画，我能肯定的是自己不会对那个空间念念不忘，并一次又一次在回忆中找寻那些从墙体上剥落的气息，颜料的气息，还有土的气息。建筑门口的土与建筑的墙上使用的土不一样。考古学者定能说出墙体所用的土是哪层的（考古学意义上的分层）。我见识过考古学者为那些土层细致而耐心地标注的过程。在对考古学的认识一片空白和没有任何兴趣之时，我们很难理解他们的行为，那有着不可思议的烦琐。他们先要确定那些土层，由土层来确定那些壁画存在的时间。他们要确定的是一种时间。当面对其中一幅壁画时，我们首先要确定的其实是一种审美上的联系。我们要在壁画上找寻让心灵为之颤抖，为之狂热，甚至为之激荡不安的东西。时间同样也是其中的一部分，但不像对考古学者而言那么重要。我再次出现在那个空间，时间感让我对那些壁画的认识变得清晰，也变得相对准确。把特殊的时间放进去，再把特殊时间中壁画的用色、线条与内容放进去，我们貌似看到了真实的时间与空间，还看到了一些无名的画者。我的出现，每一次都是为了审美，到第二次、第三次出现在那个空间时，我故意把那些真实信息隐藏起来，有意不去关注它们。在那个空间里，我把自己与那些专业的人分开。我只能席地而坐，即便地面上有一些尘土，一起身，裤子上就沾满了尘土。我感觉着尘土，用手轻轻地触摸那些尘土，感觉着那个空间与那些壁画。在这样的环境中只能更多依靠感觉。

当壁画上出现那些羊之后，我开始陷入回忆，瞬间再次成为牧童。那时我还是个男孩，羊群与我会在一些时间里相互注视着，形成一种默契，也成为一种习惯。我把目光收回来，望向远山（如果是冬日，远山上还会有一些斑驳的雪迹），望向落在山顶的天与云雾。羊群把目光收回来，它们低下头，继续啃食着青草。我把羊群赶入水草繁茂之地，而壁画上只有荒漠。如果我是牧羊人，我只能把它们赶入荒漠，去荒漠上吃那些芨芨草之类的植物。壁画上的羊群出现在墙上，远远望去，就像是出现在了岩石上，那同样唤醒了我的回忆。回忆中，那样的情景我非常熟悉：在放牧的那些年里，我看着自己的羊群（都是山羊）爬上高高的岩石，仿佛是为了吃到那些像是从想象中生长出来的植物。我把羊群赶入荒漠，那是很容易会让人迷路的世界。这与艺术世界会给人制造的陷阱很相似。有一种可能，当面对着羊群时，很多人都会把自己想象成牧羊人。大家相视一笑，都有对羊群的那种天然情感。那就是我的羊群，没错，我可以叫它们，它们会从壁画上跳下来。那我是壁画上那些人中的哪一个？我一个一个对比着，想象着。

我再次出现在那个空间之内，依然是古老的建筑，土夯的墙，时间在上面刷了一层乳黄斑驳的色调。如果不是曾多次来过的话，可能匆匆进入其中，就会匆匆离开，毕竟里面的那些壁画已经被时间侵蚀得很严重。即便没有雨侵风蚀，时间的作用还是很明显。那些壁画所遭受的侵蚀很严重，而它们是建筑最重要的组成部分。先听说了那些壁画，我们在进入其中时就有意放慢了脚步。我们一眼就看到了有几处只剩下了一个框的样子，框里是空白，没有壁画曾经存在过的痕迹。时间之力甚至会让人失去对美的感知。那些被临摹下来的壁画，色彩斑斓绮丽，线条细腻精美，人物的面部素净安详。你会被那些美震撼，目光小心翼翼地抚摸着那些美的纹理，那是一个无比缓慢的过程。只是被临摹下来的壁画只有不多的几幅，如果目光移动的速度快一些的话，看那几幅画花不了多少时间。一些人匆匆进来，然后匆匆出去。我告诉自己不能快，在那个空间里，最需要的就是缓慢，我们要进入的是时间缓慢的维度。在那个空间里，时间如那些尘埃一样无比缓慢，悬浮于空中，在光中闪烁。一切都是缓慢的，缓慢到只剩下我一个人。真是这样吗？第一次出现在那里时，确实就只有我一个人在那里待了很长时间。每一次，我都有席地而坐的冲动，坐在那些尘埃中，观看着壁画。

壁画与尘埃，两个不同的极点。壁画悬于空中，至少是悬挂在墙壁的最高处。你会无端想到一些蝙蝠悬于房檐的样子，你说不清楚为何会把那些壁画的存在与蝙蝠联系在一起。尘埃落于地上，没有被人扫掉。

这一次，我没有坐于尘埃之上，我一直站着，慢慢看完其中一幅壁画，然后再移步到下一幅壁画前。我面对那些相对清晰的壁画。那些清晰的壁画，那些色彩，又会让人产生错觉：它们不会被时间改变，将在时间面前一直释放出斑斓绚丽的美感。离那个悬挂着临摹的壁画的空间不远，不到一百米处有一个原始空间，那个极具原创性的空间里的壁画斑驳暗淡，好不容易在内心建造起来的空间瞬间又轰然倒塌。多少艺术真正具有恒久之力？当意识到如此时，我又有种强烈的渴望，想要重新回到那个原始空间里，再看看那些模糊不清的壁画。于是我重新回到了那个空间，那些模糊不清的壁画开始慢慢清晰起来。我在脑海中重新构建那些壁画，仔细凝视着没有经过打扫的空间（至少给我的感觉就是这样，事实一定不是，只能是假设）：那些壁画慢慢掉落，色彩离开墙，最绚丽的部分掉落下来，成为尘埃。那些色彩在墙上停留了很长时间，感到厌倦了，开始逃离。从那个艺术家离开人世，或者已经无力再次出现在那个空间对壁画进行修补后，那些色彩就开始逃离。那些粗线条开始逃离，那些人物清澈的目光慢慢消失。清澈的目光，然后是混浊的目光,然后是失明的覆了一层阴影的目光,然后是眼睛的逃离。服饰脱落,服饰不见了以后,不是裸体,而是空,身体将是残缺的。我们安慰自己,那些残缺同样也是一种美。确实如此,那些残缺的壁画同样也是一种美,是美的残片,会唤起我们对美的珍惜,我们同样也会发出一些唏嘘。幸好没有人为破坏的痕迹,如果有人粗暴介入的话,我们在面对它们时,会倍感失落。

当一个人面对那些模糊不清的壁画时,我只希望那种模糊能变得相对清晰一些。我想把那些尘埃捡起来,只是它们早已经归于尘土。让我多少感到有些沮丧的是,我已经无法在那些尘土里,捕捉到与那些壁画有点儿联系的东西。那些色彩真的已经消失不见了,壁画上的那些景物、那些目光、那些建筑都消失了。无意间发现,其中一幅壁画中的建筑,并没有消失,它就是我出现在其中的那个建筑。而消失的自然可以回来。一条河,古镇外流淌过的那条河,河两岸是一些古树,古树沿着河一直流动,那是树木的河流。我还曾见到有条河两岸生长的都是竹子,沿着河一直茂密地生长着,风一吹,竹影摇曳,那是竹子的河流。当我用想象重构了那些壁画后,那些壁画开始慢慢变得清晰起来。

那些壁画的数量很少。面对那些被临摹下来在世界中四处奔走的壁画时,你希望那些壁画多一些,无论是人物还是风景和色彩,就会变得更丰富;面对那些模糊不清的壁画时,你又希望它们少些,斑驳模糊总会让人莫名颓丧。面对那些壁画时,你就是一个矛盾体。

21

　　从那里你总是能走进卢森堡博物馆,如果你腹内空空、饿得发慌,那些名画就全都显得更加鲜明,更加清晰也更加美了。

　　　　　　　　　——[美]海明威《流动的盛宴》

在那个空间里,看着看着,猛然发现里面展示的都是残缺的艺术品。有些艺术就是在呈现残缺,有些是在刻意表达残次。多少人已经遗忘了它们,那是一些艺术品的命运,或者是众多艺术品的命运。当它们被遗忘之后,它们存在的意义便被消解了。它们中的一些适合被放入博物馆,让我们重新发现和认识它们。我是在某个村落中的博物馆里,见到了一些残缺的文物。它们的残缺,是由挖掘之人的不专业造成的,在那里没有文物修复师，它们以碎片的形式被展示着。那些碎片会让人感伤和唏嘘。我在苍山下看到了那些专业的考古学者，还看到了那个专业的文物修复师。假如真有那么一座主题是"残缺"的博物馆，我们进入其中，那些艺术品将以原始的意义对我们产生影响，至少会让我们有一些思考，关于时间与美学的思考。

我们出现在罗坪山下的那个文物展示厅，文物不是很多。我们同样发现里面摆放了一些残缺的文物。许多文物因为发掘时的意外，或是木质的原因，有些手指断了，有些眼睛掉了，还有一些文物上面覆盖着一层厚厚的红锈。还有一些文物是仿制品，那些仿制的东西被文字标注。那一刻，我们无比需要那些文字，如果没有文字的提醒，一些文物会让我们产生错觉，会把它们当成真品。如果只是为了说明时间，仿制品配上文字同样可以做到。我们把时间无限拉长，借助那些实物的存在来感受时间的邈远与漫长。我们变得无比渺小，开始意识到那些文物存在的意义之一，就是为了确定我们的位置。它们还确定了一种审美：那些展示的文物，都在呈现一种美，空间很狭小，美却有着冲破空间的力。它们的出土，就像它们携带着美的力量破土而出。一些人在挖掘那些文物时，也隐隐感受到了它们的存在，那是其中一个参与发掘的人跟我们说的，我们半信半疑。如果存在这样的感应，那些荒野上的大师的人生与命运就不会那样悲壮和感人，眼前也就不会出现那些残缺的文物。同行的有两个文化学者，我跟他们提起了《荒野上的大师》，那是关于丁文江等中国考古学家的书，他们在乱世中进行的田野调查让人惊叹。我在眼前的两个文化学者身上，也捕捉到了他们从那些大师身上继承的精神，他们同样专注，同样几十年如一日地进行着田野调查。友人张继强对古道有着特殊的情感。当我们出现在罗坪山上时，那里有一条古道，有几段还保存得特别完整，上面的石头在向他述说着一些隐秘的东西。他在那几段保存完整的道路上来回走着，俯下身子用手轻抚那些石头，用尺子量那些石头和石头铺就的路的宽度，那些尺寸同样在说明一些东西。从他的专注与小心，还有他发出的赞誉声中，我们能感受到他内心的激动与狂喜。这种激动与狂喜，我们在很多考古学者身上都能捕捉到。另外一位文化学者黄正良，他的专业是古碑研究。我们出现在荒野中时，刺眼的阳光影响着我们，许多碑文已经很模糊。他说只有把它们拓印下来，才能变得更清晰一些。古碑文里暗含的东西太丰富了，关于时间，关于文化，关于精神等，就看我们想从一块碑文上获取什么东西。当出现在《洗心泉记》前时，我认真读着碑文上的文字，里面有一些告诫人的话，如不能沉迷酒色，不能聚众赌博，还有诸多能与不能。我喝了古碑前的泉水，寓意洗洗心。在那个文物展示厅里，我们也看到了一些残碑的拓片。

当看到那些残缺的文物时，我们的感受同样复杂，一些人物的形象无比精美，当那些残缺的部分凸显出来时，反而让那些精美的部分更加精美。隔着玻璃罩，隔着几百年的时间，甚至上面还沾着泥土和铁锈，我们依然一眼就直抵那些美。一些工匠隐身，与那些字画上标注的相关信息不同，眼前的这些文物我们都不知道它们的作者。我只能根据现实中拜访过的那些民间艺人来反推和重塑那些已经隐入尘埃的民间艺人。在面对那些文物时，我竟找到了不断去寻访民间艺人的理由。

考古学者在山野中挖掘出的那些物中，有一些残缺的东西。那个有着"囚徒"二字的碎瓦，本身就是碎片，并不是被挖掘的人不小心弄碎的，另外一些古物同样如此。那个文物修复师，他的行为充满了耐人寻味的深意。他让一些被抛弃的艺术得以被再次发现，他在细致地修复它们，修复的痕迹若隐若现。他修复了其中一件古物，完美，没有人能看出缝合的线条，也没有人能看出色彩之间隐隐约约的对比。那是他最得意的一次修复，他说如有神助。对比是在暗示，也是在提醒艺术品的完整与不完整。面对这些残缺的艺术品时，我第一个想到的就是那个修复文物的老人。

面对那么多的文物，老人的内心定然会发生一些细微的变化。是否又有强烈地想要修复一件残缺艺术品的冲动？老人与别的很多人都不一样，很多人看重艺术品的残缺，在他们看来，有些艺术品的价值恰恰在于残缺。我在面对那些艺术品时，已经失去了审美能力，或者我的审美能力与那些艺术品的真实还有着一定距离。距离感的消除，同样是一个艰难的过程。我像极了老人，至少在内心深处，还是希望它们多少是完整的。老人在修复文物的过程中，已经见过太多的残破，老人小心翼翼地对待它们，在小心翼翼中让它们再次完整。老人小心翼翼惯了。

我们进入另外的那个空间，看到众多雕塑被人们用刀凿、用物砸，那残破的模样令人不忍直视。老人见到了一群人对艺术的破坏，打心底里厌恶那样的破坏。那是老人童年时见到的情景。从此，男孩的梦里充满了对完整的渴望，他最终成了一个只是为了完整而存在的人，完整便是他人生的意义。

把注意力集中在门上。一扇已经紧闭多时的门，上面的色彩已经暗淡，上面的一些图案已经被抹去，只留下一些粗暴的口号式文字，就像一群人齐喊口号时，把那些文字与图案连同灰尘一并震落在地，灰尘还在，而那些最具美学意义的文字与图案却已经支离破碎。门虽然紧闭着，推门时遇到的阻力却很小，用力一推，竟轻易地推开了一个新的空间与世界。那是一个旧的空间，它又是某种意义上新的空间。你在那之前，从未发现过它们，也从未以那样的姿态面对过它们。我想把一些艺术品扶正，但对那些残缺的部分，我无能为力，也许只有那个会修复古物的老人才有办法。一些物是易碎的，轻轻一触摸就会破碎。

我想象着我和老人同时出现在那里，我扶起一些作品，似乎并不太费力，可另外一些作品已经无法被摆正，那些作品太重了。老人首先要修复的是那些被我扶正的作品，那时老人与我之间形成了奇妙的慢与快的对比。老人就像是要对应自己的年龄，我同样如此，老人——慢，我——快。在面对那些古物时，我们的内心世界也会是不一样的。这样的快与慢只是相对的，也同样只是我认为的，也许在老人看来年轻与年老并不一定就意味着快与慢。思维的快与慢，思考的浅薄与深邃，有时会与年龄扯上一些联系，有时又丝毫没有联系。与一个老年人的友谊，这也是我渴求的，我见识过那种让人动容的友谊。我们的内心变化着。当我们看到那些艺术作品以那样的方式存在时，还是感到很吃惊。它们的意义，似乎在那个空间里已经被消解。

艺术品的作者。不断被创造出来的残缺品。换作是任何艺术家，面对那样的现实和情形时，都会变得焦虑。他努力着，也颓丧着，那些残缺的艺术真正与自己的内心有了联系。面对凌乱与无序，他意识到自己将永远无法创造出一种完整的艺术。在那里没有留下任何关于那些艺术品的作者的信息，艺术家隐身了。这样的情形你太过熟悉，只是与你平时所见到的不一样，平时所见皆是近乎完美得让人拍案叫绝的艺术作品，至于那个或者那些无名者的存在，又将有着另外的揣度与猜测。那里并不是一个试错的场。你再次提醒自己,那些东西,最适合被放入一座主题为"残缺"的博物馆里。

残缺博物馆。现实中似乎还没有被这样命名的博物馆,只是在很多博物馆里,经常能见到残缺的东西,有一些残缺的经卷,还有其他一些古物。出土的、残缺的东西,都是没有被修复的。修复古物的老人已经离开,可能已经离开人世。上一次见到他时,变得颓丧的他,听力更是大不如前,不用喝酒,手就抖得厉害。面对那些经卷,他同样是无奈的,修复经卷和修复其他古物不同。他多次跟我们强调,自己只会修复一些器物式的文物。那时,他手里拿着的是一个唐朝的碗,碗上依然有着清晰的修复过的痕迹。我忘不了那个老人。当我再次见到他时,我以为他已经忘记我了,殊不知,他并没有忘,只是忘记了我的职业。其实,初次见面时,我们在介绍自己时并没有清楚地介绍过自己的职业。我跟他说自己的工作是编辑一本杂志,杂志里有一个栏目是关于文化的。说完,才发现他对我的职业并没有多少兴趣。他对自己修复文物的工作,是否也有了几丝厌倦感?我曾在他旁边认真看过他修复文物的过程,在那种凝神注目中,丝毫感觉不到厌倦的侵袭。那些文物被他修复得尽量完美,很多时候稍不仔细,我们就不会发现那些裂痕。

需要那么一个修复文物的人,人们在挖掘过程中,往往会不可避免地把一些文物损坏。那间临时摆放待修复的文物的房间,也可以把它当成一座微型博物馆,里面随意地摆放着各种文物。一些残损的东西被搁置在那里,等待着他把它们一一修复。他一直不急不缓地进行着自己的工作,也没有人会催他。在那个空间里,大家都形成了某种莫名的默契。一些人继续去挖掘文物,他继续修复文物。我对他们都感兴趣,不只是对他们从事的工作,还对他们的生活。他从陕西过来,没有多少亲人,偶尔才会回去。那些考古学者,有些从省城下来,与他一样,都很少有时间跟家人在一起。

我是在那座博物馆里,无意间看到了一件他修复过的文物。与其他那些有着极高价值的文物不一样,相对而言,那件文物太普通了。我一眼就认出了它,也马上就想到了他。那座博物馆,也没有被真的命名为"残缺博物馆"。如果真有被这样命名的博物馆,我们的感受可能会更加复杂和强烈。如果真是这样的博物馆,它的主题必然突出"残缺",或者,至少"残缺"是它最重要的主题,也会是它最深刻的主题。

我们在审视物的残缺时也会想到生命的残缺,也会思考残缺在现实与生命中的位置。如果在这座博物馆里,突然遇见了那个老人,如果他还成了博物馆的门卫,那样的话,残缺感将更加强烈。那个已经很长时间没见到的老人,并没有出现在那里,门卫是一个年轻人。残缺的经文,都是我不懂的,此时此刻,那些经文之于我的意义不再是其内容——曾经那些经卷存在的意义便在于其内容。当时间慢慢作用于它们，并把它们覆盖掩埋（我看到了标注着它们出土于何处的字样）起来，它们的意义似乎就不再如往昔了。此时的经卷已经离开了那座庙宇。那座庙宇也成了大地上的文物。出现在那座庙宇的所在地，并面对那些经卷，人们的心绪将无比接近。我看到了一种残破，也看到了不可思议的坚硬，那些土基是坚硬的，那些经卷中同样有着一些坚硬的东西，特别是把经卷重新拍摄下来后，我们看到了那些文字的线条的坚硬，我们把目光指向了坚硬的美学。似乎残缺博物馆存在的意义，就是其中之一，我们可以看到一些物在对抗时间时的坚毅与无奈。那里都是一些沉默的静物，我们分明又听到了一些声音在那个空间里回荡。

一些对话开始发生，如果有另外一个人，或者另外一些人进入那个空间，我们将在那里谈论我们的感受。如果只有我一个人的话，那将是我与那些古物之间的对话。我没有把注意力放在那些物存在的时间之长上，时间的长，也暗含着一种恒久与延续的意味，但它们的残缺分明又在说明一些东西的破碎与无法恒久。残缺博物馆的存在，似乎也在提醒我们一些东西的无法恒久，一些美的无法恒久；还有一种可能，残缺博物馆的存在，恰恰是在说明一些美的恒久。其中一些物，即便只剩下残片，依然释放出华丽斑斓的美。让我们想象一下，那些让人讶异的美的碎片堆积在一起后，给人带来的美的冲击。我们在那个空间里，在两种情绪与感觉中往返游移。离开那座博物馆后，我总会想起它，也总想再次回到博物馆。有时，我们会沉浸于那些文物本身，有时，我们又会让思想在那个空间里攀升游荡。有时，我们的脑海又将是一片空白，或者也是残缺的，不知道该拿什么来填充它。

荒草萋萋，一个被遗弃的冢。在那个地方考古学者看来，一座孤独而陌生的冢，有可能暗藏着作为一个考古学者所追求的太多的未知数。考古学者出现在了那里，他知道自己在面对那个一眼就能看出其年代久远的冢，与他在地下的挖掘相比，这相对简单些，他必须要把自己与那些盗墓者区别开来。他说有那么一刻，他恍若盗墓者，那种无法抑制的兴奋冲破了时间与荒草。荒草被铲除，背后有着太多不可知的东西。一个人的命运，一些时代背景，后人，似乎没有后人。在这之前，荒草把那个世界疯狂地填充起来，如果没有一把意外的火，坟墓将不会显现出来，那个世界早已被荒草填满，只属于荒草。那场大火之后，坟墓被人发现，荒草再次以让人吃惊的速度生长着，再次把坟墓淹没，然后才是人们的铲草。没有后人的坟墓，这是那些考古学者再三确定的。一些东西已经很难根据表象判断，考古学者需要掘开坟墓，里面已经没有值钱的东西了，看来它早已被一些盗墓者发现。盗墓者在那些群山之间搜寻古墓的能力让人吃惊。我在想，如果在夜间与一群盗墓者相遇，会是怎样尴尬的局面。这样的相遇并没有发生,盗墓者在暗夜深沉时出现,那时我早已在做着一个有关盗墓者的梦,有时竟然会梦见自己也是个盗墓者。

艺术的永恒性。在面对着众多艺术品之时,我们都希望它们具有艺术的永恒性,也肯定那些艺术品所具有的艺术性。艺术性总会被时间所淘洗。艺术的表达在那片废墟面前展现出了一种不确定性。我们无法肯定艺术必将是永恒的,只能肯定某些艺术应该是永恒的。在那些残存的碎片上,找不到任何蛛丝马迹,那是一群默默无闻、寂寂无名的艺术家,甚至在他们生活的那个时代里,可能只是一些匠人,一些不受重视的匠人。我在面对那些残片时,能肯定的是它们是由真正的艺术家用时间与生命所创造的。回到博物馆,回到艺术,艺术的内涵可以被无限解读,但在面对着博物馆里的这些残片时,我放弃了解读。

22

  我在博物馆待了很长时间,然后便在镇上散步,通过在博物馆欣赏到的风景画,我开始想到,那是在黄昏时分,在清风抚慰下,我行走在20世纪初的沃普斯韦德镇上,行走在北方大平原上。在广阔的天空下,深色的原野向远处延伸,远处连绵不断的山丘披盖着欧石楠,周围是刚刚收过荞麦的茬子地。

  ——[西班牙]恩里克·比拉-马塔斯《巴黎永无止境》

  博物馆成为供人观瞻的空间,多少人是带着虔诚之心出现其中,然后离开的?在博物馆里,我告诉自己,要虔诚和谦卑。遥远的世界,遥远的声音与身影。我们回到了遥远的世界。我回到了遥远的世界。这座博物馆所要表达的具体时间，不过是几十年以前的一段时间，长度接近于人相对长寿的一辈子，但依然给人以强烈的遥远之感。在那个空间里，想把一些东西唤醒，亦即把被尘埃覆盖着的某些东西唤醒。历史的无关紧要感在那个空间里消失。历史、历史感和历史中的那些知识分子变得很重要。"他的思想再也不会被愚昧无知、鼠目寸光、冷漠无情、故步自封所禁锢。他脑袋里思索的是人类认知的边界、历史的荒谬、人类的无助、世间的善恶、希望与相对主义的陷阱……"（托卡尔丘克《主体》）在那个空间里，适合打开托卡尔丘克的书，适合阅读这些文字。

读到这些文字时，我已经离开那座博物馆几天了，在地理空间上的距离感也很突出，只是那座博物馆一直如影随形，我没能把它抛到一边，也无法把它抛开。我多次以各种方式重返那个空间，就是想找寻博物馆中一些物背后的人，那些标本背后的人，那些书籍背后的人，那些文字背后的人，还有那些照片中的人。他们顿时变得很复杂，他们成为个体。作家与科学家，作家与作家，作家与音乐家，作家与文化学者，他们都是不同的，不只是学科背景的不同，对世界的认识与想象方式也不同。我想拥有一种想象的能力。如果没有想象力，真不知道该如何面对那个空间，我也意识到是想象力让那个狭小的空间变得不再那么狭小。博物馆有时就是想象力的阵地，在进入一座又一座博物馆之后,我们才会意识到,丰富庞杂的想象力就存在于那些或大或小的空间里。我们变得无比渺小。我们真是尘世中的一粒微尘。

当谈起生命如微尘时,我们出现在了那位老艺术家的家里。我们进入了那个城中村,老艺术家住在城中村深处。一个已有八年帕金森病的患者。他颤颤巍巍地出现在了路边,我们远远就看到了他的身影。当看到那个身影时,我们感到有些不安。直到面对依然很乐观的他时,内心的不安才减弱了一些。他说城中村是最喧闹的,里面有各种各样的人,有各种各样的人生与命运。许多人的人生与命运,都是我们无法知道的,我们只能自顾自地继续颤颤巍巍地穿行于城中村。城中村里有一些来自乡村的人。他们出现在这座城市,努力活着,为自己,为家人。一些人活得很挣扎。在他家租房子的大部分是青年人,他喜欢那些青年身上还未被生活消磨掉的活力。那些人的年轻也在反衬着他的年老。

在城中村中不断穿行,虽然只能缓慢地行走,对他来说却意义非凡,他是在用行走来测试身体的机能。他说自己在帕金森病和糖尿病的影响下,步履已经日渐蹒跚,每天随着行走步数的增多,那种颤巍感和疲乏感会减少一些。他说自己走不快,这时手里的拐杖便有了神奇的作用。当他过马路时,只要把拐杖一抬,人们就会自觉停车礼让。

我们出现在他的家中，出现在他宽大的书房里。书房里挨着书放了一些物品，其中一些，我只在某些博物馆里见过。我被那些物吸引着。我努力从那种状态中抽身。我不能在关于博物馆的冥想中沉溺太久。书房很容易就会暴露一个人的阅读偏好，我看到了一些自己很喜欢的经典作家。他说自己只有书与奖杯，没有别的古物（我想提醒他，挨着书的那些物就是古物），而和自己年龄相近的好些朋友，家里都是古董，往往还都是元明清时代的。他说自己虽然为官多年，骨子里终究还是一个文人，是文学在拯救自己，是文学让自己意识到哪些事可以做、哪些事不能做，一些欲望会在文学的作用下消失。

人生为何要有那么多的欲望？如果隔壁那家人没有把房子盖到六层，那么他在自己的书房里就可以看到青山。那座山的名字就叫"青山"，那是当年他在上面放羊的山。从书房里一望，童年的记忆就会回来。只是现在的青山，早已不是童年记忆中的青山了。童年记忆里不只有美好，还有残酷与悲伤。他的父亲三十多岁时便自杀了，母亲拉扯着他长大成人。他已经忘了自己的母亲是以一种什么力量，把他从绝望与恐惧的深渊中拽出来的。他说自己的母亲很伟大。正因为母亲的伟大，自己笔下才有了那么多抒写女性美的文字。他继续跟我们说，那样的人生与命运，你们都无法去感受和想象。这里面一定有文学的作用。他说他自己就是一个极为文学化的人。

现在,他的生活变得很简单。他每天都要看一些电影,看电影是为了写小说,好些电影叙事的简练与意味深长,都给了他很多启示。他说自己已经很老了,再也做不到冗长与繁复了,自己的文字也只能如看的那些电影一样简练而意味深长。一个帕金森病患者,写字时脚颤抖的同时,手也会发抖和无力。他说相较于写作,说话就简单了。他坐在沙发上,他的一些病症暂时被坐姿隐藏起来,我们看到的他只是一个普通的老人。他很健谈,滔滔不绝地说着自己对文学的感受和看法,还语重心长地跟我们讲如何为人和为文。他再次强调自己已经八十岁了,还是患病八年的帕金森病患者,老天已经在眷顾自己。他最担心的就是跌倒,许多帕金森病患者害怕的就是跌倒。他说如果自己突然离开人世的话,这次交谈的内容,有可能就是临别赠言。当他提到临别赠言后,他的话语了多几分语重心长的意味,也多了几分感伤与苦涩。

人生的尽头你永远无法预知,特别是如他这样的人。但他说自己已经很满足了,许多和他一样的病人,早已离世,还有一些人没有什么病,也离世了,坚持了八年的自己也算是奇迹了。与那些人相比,他还有什么不能满足的?他还说起了有次在微信上发给我的话,只是那次我并没有回复他。我突然间在他的书房感到愧疚不安。他说讲不清具体是什么原因,一定是在小自己四十多岁的后辈身上,看到了一点点自己年轻时的样子，便激动不已，便无端想把一些情感寄托在我身上，也就会无端想跟我谈一些严肃些的话题。我对他多少还是有些淡漠了。那一刻，我真是无地自容。一位比他大几岁的老作家，在北京病逝不久后，他写了一篇悼念的文章，写完发我看的同时还附上了这样的留言："对达伟多说几句，下午四点弄完。今天是我八十岁的第六天。写至篇末，伤感，泪落。对逝去的先人和有希望的来者，都应该一样诚实！"反思自己，我没能做到诚实，甚至没能回复他短短的几句话。离开老人的书房后，那些会让人联想起博物馆的小物件，给人留下的印象很深刻：一些套娃，五彩斑斓；微型的青铜战车停靠在了鲁迅的书旁。我真想跟他谈谈博物馆。可我们最后谈的是我曾经的放牧生涯。那是在雪邦山上放牧的过往，一切已成回忆，一切已成梦幻的一部分。

23

> 我访问了许多城市,看到了许多大教堂、博物馆、美术馆、公园和官殿。它们给我留下了一种不可思议的混合的印象,一种关于我所看到的东西模糊的感觉。
> ——[捷克]伊凡·克里玛《布拉格精神》

空间之内。把自己放置于空间之内,放置在一个无比依靠想象的空间之内,那时的空间感,空落而贫乏。贫乏的东西在时间的侵蚀下,变得更加贫乏。我们看到的就是一个空间之内的东西在慢慢变少的过程,我不敢确定自己见证了那个缓慢的过程。那种缓慢超过了某些时刻我的想象,那种缓慢像极了那时候正停在房檐上的蜘蛛,过了很长时间,它终于缓缓移动了一下身子,然后继续静止不动。你把目光放在了它身上,目光变得缓慢，也变得遥远。那只蜘蛛的目光，你想捕捉它的目光。众多的眼睛，是为了更好地在暗处捕获猎物，用数量的多来弥补目光的微弱，还有一种可能是为了同时看到世界更多的面与棱角。众多目光同时捕捉到的将是怎样神奇和不可思议的世界？这是一个我暂时无法获悉答案的问题。

我们的目光似乎有了一些交流。只是似乎，只是我认为可能的交流。真实的情形是我在那个有些幽暗的世界里，努力捕捉一只蜘蛛的存在。我看不到它的目光，一开始并不知道它竟然有数量繁多的眼睛。在那个角落里，它需要那么多的眼睛吗？我觉得不需要，有时我们不需要把世界看得很清楚。纠结于那只有着很多眼睛的蜘蛛有意义吗？如果我问那只蜘蛛，它是否看到了那些壁画的剥落？它一定看到了，它在上面轻柔地爬行时，也加速了壁画的剥落，它曾经成为壁画上很重要的符号。世界成为符号，连壁画也成为符号。

蜘蛛的众多目光成为隐喻，那是审美的目光，多重却模糊的目光。世界的幽暗色调让人所能抵达的深度很浅，我的目光只能模糊地看到那只蜘蛛，那只蜘蛛其实不小。我们之间有一些东西很相似。我把眼镜摘了下来，世界一片模糊，想象力开始驰骋，自由的模糊目光开始四处奔突。审美的目光越过了丑陋不堪的蜘蛛，越过了黑暗角落里暂时静止着的令人毛骨悚然的蝎子。同样是多，多条腿，如须的腿。它开始快速爬动着，正朝着蜘蛛爬去,停了下来,看到了蜘蛛,嗅到了蜘蛛的气息。它又朝别的角落爬去。我再次戴上了眼镜,蝎子出现在了相对明亮处。然后出现了一只壁虎,与那个空间里的色调相符,它与蜘蛛和蝎子一样,都从墙上的斑点开始爬行,都是墙上那些斑驳的壁画的点缀与填补。它们离开了壁画,又出现在了壁画上,缺席与在场让壁画呈现给我们的样子有些不同。它们都在用弱小而又充满象征意义的躯体,让斑驳的壁画抵达另外一个审美的艺术的维度。我们出现在那个空间里,为的就是审美。那些壁画的艺术价值已经被削弱,有些壁画已经成为混沌的一团,像是被人恼怒地用稀泥泼洒过,又成了与墙壁很相似的东西。不知经历多长时间之后,一切又回到最开始,一面混沌的没有审美艺术的墙壁。一堵坚硬冰冷的墙体,不用触摸,就是坚硬的;风入户卷衣,就是冰冷的。时间已是冬日。

冬日里,你再次有了出现在那些空间里的想法。那些空间四散于世界,需要不断行走,才能遇见它们,并暂时成为其中的一部分。冰冷的冬日里,蜘蛛还会出现在那个墙上吗?蝎子还会出现吗?壁虎还会出现吗?冬日里你再次出现在那个空间之内,一切似乎如旧,一切又有了微妙的不同。那些你曾经长时间把目光置于其上的生命都已不见,它们躲藏了起来,还可能离开了,也许没能挨到这个冬日。它们还可能躲在了空间里哪个漆黑的角落(你用肉眼无法看清),做着一个温暖甜美的梦。

它们将做一个什么样的梦?想象它们会做的梦,本身就像想象成为它们一样荒诞。它们消失了,壁画消失了,一幅清晰的壁画都没有了。

把目光放在建筑之上。很高很厚的墙,还有很粗很大的木头作为柱子。需要在柱子上停留的时间长些。那是些什么木头?由于时间久(从介绍的那块牌子上写的时间推算,已经有四百多年),柱子没有被人更换过,现在已经几乎不可能再去更换那些柱子了。我朝那个空间外看了一眼,看到了一棵古木,古梅树,不是很粗壮的根,虬曲的枝丫,那是与建筑的时间相互平衡的植物。我朝那块记载着时间的木牌看去,需要借助那些信息,才能大致把握自己身处的空间。没有那些明确的信息,世界将是模糊的。那些柱子的材质,很明显不是眼前这个古木的品种。那些柱子,八根,需要八棵参天巨木,需要一片原始森林,离那个空间最近的应该是一片想象的原始森林。

有好些木钉子。从木钉子上看到的是古老的时间,以及无法更换那些柱子的无奈。在很长时间以前,就已经面临着木材的短缺问题,以及更换柱子工程量之大的问题。木钉子出现,用来填补柱子的裂痕,木钉子开始在柱子里生长。如果没有仔细观察的话,我们将很难发现那是木钉子。木钉子的存在,在我看来也是不可思议的。我以为它们被钉入柱子的缝隙后,柱子的缝隙必将更大,那将是对柱子的破坏。与想象的不一样,已经干枯的木钉子和柱子,它们慢慢长在了一起,它们竟完成了再次生长。艺术的东西消失了,审美的对象消失了。审美的对象只剩下墙,只剩下柱子,只剩下高高的房檐。瓦片应该是换过了,更换瓦片时泥浆掉落在地,痕迹很难在短时间内消失。

24

说一点可能让二位更感兴趣的具体问题吧,韩国也出口艺术,从最严肃的艺术到最大众化的娱乐都远销海外。前者,如博物馆的艺术,杰出的代表人物是白南准,两位大概知道他(他们点了点头);后者,如可爱的漫画《海绵宝宝》。

——[阿根廷]塞萨尔·艾拉《弹子游戏》

我知道自己将再次出现在那里。那样多次的重返里,那些艺术穿透黑夜与梦境深入到心灵深处。离那个空间已经越来越近了,我将再次见到那些彩绘,最终才发现它们其实是浮雕。真实的艺术曾经被遮蔽。真实的艺术在浮现。艺术的模糊,让人无法说清,只是不断让人诧异,会产生一些错觉。同一种艺术,不同的人在面对它时，感受往往不一样。有时，我们只是浮于表面；有时，我们又早已渗透到它的每一寸空间，触摸它的每一根线条。在光线的变化，所处的不同时空，人的状态等因素的影响下，艺术开始变得丰富庞杂。

浮雕出现了。在一个很小的空间里，建筑都是用石头砌成的，石柱、石瓦。瓦片和房檐上是枯草，时间是冬日，又在冬日开始了那些自认为的田野调查。那时的自己不是人类学意义上的人，你希望自己是文学意义上的人。看到那些浮雕时，第一印象它们就是彩绘浮雕，一些粗线条的人物，你轻轻触摸了一下，才发现色彩是后来被人涂抹上去的。一开始是素色，没有任何色彩，是从天然的石头上雕刻出来的，在时间的作用下，浮雕的色彩开始慢慢变暗，与现在我们所见的完全不同。目光暗淡下去，脸部的肌肉暗淡下去，那些人物与时间形成平衡。人在老去，在消瘦，那些被雕刻的人与现实中的人一样，经历了现实的挤压，经历了生死。有个人看到了这样的现实，那些独立的浮雕人物在一些时间里开始窃窃私语，他们面部的表情神态在那个空间里相互影响。当看到其中自己最喜欢的那个人物已经不再是心目中的样子时，他开始在那个狭小的空间里哀叹忧伤。他想出了一个办法，一个让浮雕不再只是浮雕的办法——他带上了彩绘的颜料（会不会是天然的颜料，并不是），色彩开始出现，华丽的色彩开始出现。我们不能说那是拙劣的更改与破坏。当我有意出现在很多类似的空间时,能感觉到粗糙与篡改无处不在。

在这里,我不能随意评判。评判已经失去了意义。很多时候的评判都没有意义,只是我们又忍不住去粗暴地评判。我想象了这么一个人,有可能不只是一个人。黑白,无色,彩色,华丽,已经不是原来的样子了,里面已经有了一些很大胆的东西,有了让一种艺术成为另外一种艺术的错觉。当我出现时,错以为那是彩绘,很多人一开始都说那是彩绘。如果那是彩绘的话,也不是一流的彩绘。建筑经历了前后的修修补补,浮雕变成壁画的错觉,同样也是如此。我们看到不同时代的不同建筑风格神奇地汇聚在了那个狭小之地。彩绘后的图案,有些丑陋,有些又有着童年的用色感觉。艺术的童年化倾向,用色的童年化感觉,以及技法的童年化的粗糙,无论是用色与技术都是粗糙的。你安慰自己,那是唤醒了童年想象的世界,一切都是童年化的表达,那些睁大的眼睛,那些枝丫一般的手脚,那些稀疏的头发。人都是独立的,在墙上,他们没有被安放在任何特殊的空间里,只是被安放在一个冰冷的已经长着一些枯草的墙上,枯草将继续长着。终于看到其中有个人的头顶上长出了枯草,给人一种很特殊的感觉。

枯草会把那些壁画掩盖起来。当我出现在那里时,那已经是一个被遗忘的空间,除了我没有人到来,至少没有一个专门来打理那个狭小空间的人。让枯草继续生长吧。让枯草继续繁茂吧。让童年的想象继续被掩埋吧。童年的想象在面对繁茂的枯草时,并不会消失。童年的想象里还会有风的气息,还会有在枯草里蛰伏的蛇。那时,我们面对的是自己的童年想象,童年记忆里充斥的就是华丽纷飞的色彩,可以随意填充。女儿很严肃地拿出了自己的颜料和画笔,要画一幅自画像,单线条的自己,歪歪扭扭的自己,色彩被她随意填充。那已不是一幅和谐的画,只能把它放在一个童年的世界里。

回到童年世界。那是半开放的狭小空间,需要有人出现,需要有人面对那些壁画和彩绘,慢慢咀嚼着艺术与非艺术,不然那个空间存在的意义就会消失。像我一样的人,会无意间出现在那个空间,让那个空间的存在有了意义,一种时断时续的意义。

博物馆里的时间是静止的,无论你什么时候出现,你都能看到那些古老的时间依然如旧。有时,一些刚出土不久的文物,会对你的认识进行一些修正。但我们至少可以肯定,时间基本上是静止的,至少是没有多少变化的。你更想把自己放进博物馆,还是眼前这个天然的空间里?如果此刻你在博物馆的话,你会有另外的想法和思考。我下次来的时候,我将看到时间清晰变化的痕迹。我确实曾来过这里,那是几年以前的事了。那时,人群喧嚷,把狭小的空间充满,我匆匆地望了一眼就离开了，思绪并没有像此刻一个人面对那些壁画时的纷乱。虽然只有那么几幅壁画，它们的存在却赋予了那座空间博物馆的意味。如果那个空间真被命名为"××博物馆"的话，我们的心理会完成不可思议的变化，会把它们看得很重，也会相信它们在那个空间里具有恒久的力量。事实是否真如此，另当别论，内心的感觉却真是如此。

有个空间被放置在一座偏僻的村落里，是一家先锋书店。我们刚刚离开那些壁画。它们之间貌似没有多少联系。它们只能被归入一个更大的空间的意义里，却仍然是两个完全不同的小空间。那些壁画所在的空间是庙宇，书店虽然也是由一座古旧建筑改造的，但两座建筑的风格不一样。在两座建筑里的感觉，也不一样。大家普遍的疑惑是这样的先锋书店为何会出现在那里？

一个图书管理员，不是图书馆管理员，但与你印象中的那个图书馆管理员很相似。两人都是沉默的，却又不一样。眼前的图书管理员很忙碌，即便书店在很偏远的乡野。这样的情景，此时正在发生，你无法确定这只是错觉，你希望不是错觉。你希望真有这么多的人热爱阅读，他们读《理想国》书系，他们读《文学纪念碑》丛书，他们读米沃什，他们读米兰·昆德拉的传记。这些书都出现在这个空间之内，你还是觉得有些不可思议，这些书还有多少读者？至少在这个穷乡僻壤，一切似乎并没有你所认为的那样悲观。

咖啡出现了。有人端起咖啡喝了一口,拿起书,拿着的是米沃什(你没有看错),看得很认真。笔记本电脑打开,放下了手中的米沃什,开始轻轻敲击键盘,写思想类的随笔,或者是写诗歌。写下的文字于你而言永远是谜。你想起的是存在主义咖啡馆,一些人在存在主义咖啡馆中阅读和写作。

眼前的图书管理员与印象中的图书馆管理员不同。眼前的这个人,你很陌生,只能依靠那些图书的品质来臆断这个人的内心与精神,不是世俗的,而是精神化的,也可能很世俗。如果很世俗的话,图书管理员与那个世界将是割裂的,你希望那个空间充斥着的不是割裂,而是和谐。

回到你熟悉的图书馆管理员。他面对的书摆放在一些传统的木质书架上,图书的质量参差不齐,图书馆里散发着浓烈的腐烂落寞的气息。他习惯了图书馆里的潮湿与霉味。那种气息有时也沾染在他的衣服里,久久不能散去。能肯定的是在大街上,你可以通过气息认出某个图书馆管理员,但你没能在大街上与他相遇。你跟一些人说起了他,很多人对他不甚了解。他们心目中也只是有这么一个图书馆管理员而已,一直是图书馆管理员,一个已经退休的图书馆管理员。退休之后的生活,你无从知晓。他突然就从那个世界里消失了,就像只是为了那个图书馆而出现和存在一样。图书馆曾消失了一段时间,他随着图书馆的消失而彻底消失了。

他是不是一个外地人？他应该就是外地人，他用很标准的普通话跟你说过，可以到那些书架里看看。他退休后，就回到了曾经的出生地，这是我希望的一个结局。他在你心目中变得很简单。你以为自己对他会熟悉一些，其实与对那个图书管理员的熟悉程度是一样的，都是陌生的。都是陌生的人生。图书馆管理员，不需要忙碌，来图书馆的人很少。一个偌大的县城，出现在图书馆里的人反而很少，与眼前的情景相比是两个极端。

都可能只是错觉。有可能只是我出现在那里时恰巧如此而已。多少人会走那么远的路出现在那个小而精致的空间里？很多人。多少人又应该出现在那个大却不怎么精致，一切都显得很古板的图书馆里？这两个空间，你都非常熟悉，你的目光里只装下了图书，并没有装下两个人的人生与命运。你在图书馆里借了一本书，一本传记，在图书馆外的路上看到夜色降临。一个既是作家又是图书馆管理员的人的人生与命运，那是翔实的人生与命运。他失明了，像博尔赫斯一样失明了。他们在图书馆里通过触摸感受着图书的质地时，就成了同一类人。图书馆管理员和图书管理员是不是也是这样的人？你无法肯定。成为那样的人太难了。

你在那个小书店里停留了很长时间。你买了一本米兰·昆德拉的传记。你旁边那个人阅读了米兰·昆德拉的所有作品和关于他的传记。你们谈论着,在当下,我们更需要米兰·昆德拉。为何在当下我们更需要米兰·昆德拉?批判性的消失,思考的深刻性的消失,被误解与承受的敌意,人类的忧伤与荒诞,清醒与不妥协,都是米兰·昆德拉曾经思考过的。至少我们想通过米兰·昆德拉找寻到某个自我。那里只有一本他的传记。其实不只有他的,还有陀思妥耶夫斯基的传记——《陀思妥耶夫斯基:作家与他的时代》。在那个书店里,似乎只有这两本传记。那些需要仰望的书籍里,可能还有其他人的传记。一些书被故意摆放在那个需要仰望的位置,我们抬起了头,仰望着作家与作品。那是书店的老板和设计师故意的设计。我询问了那个图书管理员一些问题。那些书,必然经过了精挑细选、一一甄别。那些书被放在了那里,其中的一部分被人买走。一些书可能仅仅只是摆设,放置在那里不需要被打开。那些书以那样的方式存在,就已经凸显和完成了它们的意义。他开口了,那些书是书店老板选择的,他只是店员。那些书背后真正的人,你至少能通过那些图书,看到一个有着阅读品位和思想的人。他一定是个担心思想独立性会消失的人,不然不会有这么多关于思考、关于历史以及诗人写的随笔之类的书籍。后来,我在一本杂志上看到了书店老板摄影作品和札记,他确实是有思想的。而图书馆背后不止是一个人。图书馆里的图书芜杂。我已经好久没出现在图书馆了。当我跟图书管理员说起时,他觉得这很正常。

我离开了那个村子。有一条路，曲曲弯弯，尘土飞扬。很多人晕车，纷纷下车在那条路上呕吐。村子四面环山，前面有一条河，缓缓地流淌着，河岸上有一个放牧的老人，他有四只雪白的羊。那条河流叫什么，我们想，问问那个老人，就会知道。老人跟我们说的却是他的奶羊，不停地强调它们，还强调可以挤羊奶。老人忽略了河流。他怎么能忽略那条河流呢？我们都这样以为。老人为什么不能忽略河流呢？我们都把注意力集中在了河流上。秋日里的河流，慢慢瘦了下来，河床很宽，水流很小。到深冬，河流将变得越发消瘦。那时，还未到深冬。放羊的老人问我们，是不是从书店过来的？我们一惊，还未来得及回他，他就说很多人来这里就是为了那个书店。

25

> 我曾经长时间地流连于卡纳瓦莱博物馆，端详这位毁灭天使的画像，那是一个无名氏画家的作品，但像格勒兹笔下的人物一样，有一种温馨的魅力。
>
> ——［法］玛格丽特·尤瑟纳尔《世界迷宫三部曲：虔诚的回忆》

一座小型的摄影博物馆。空间之内，黑白的摄影照片，还有一些摄影的器材，没有任何彩色照片。从严格意义上来说，那是一座黑白摄影博物馆。建摄影博物馆的人与我对建筑本身的认识是不一样的，有时完全就是两个极端。我也意识到自己在不断强调不同，但未必就真的不同。我想要从那座建筑中收获的，并不只是那些摄影器材在时间中的变化，我并不只是为了那些早已很难见到的摄影器材。

那些摄影器材是冰冷的。一摸,在冬日里,它们真的是冰冷的。我只是在那些自己无法一一说出名字的器物上匆匆瞥了一眼,那些标注的名字无法被我翔实地捕获,也无法在脑海中留下深刻的印象。我把自己的时间,都花在了那些已逾百年的摄影照片上。许多摄影者都已经消失了。我不关心摄影者是运用了什么器材拍摄了那些照片,我关心的只是那些照片本身。那个空间里响起了记忆的回声。如何面对记忆?空间之外的世界里,色彩不再是单一的黑白,而博物馆之内,为了说明时间的久远,色彩在里面被悄然过滤。冬日的阳光没能照进来,阳光有可能会改变一些东西。一切都暗了下来,一切都被涂抹上了灰浆。从博物馆外面看,那并不是我们常见的博物馆,没有人想到那里会有一座博物馆。博物馆之内所要安放的时间都有些相似,世界上所有的博物馆在某种意义上都是同一座博物馆。又真是这样吗?

大家早就说好了要去看看这座博物馆,很多人都在强调里面有一些珍贵的照片,摄影者不是本地人,而是一些英国人。纪实摄影将在那个很小的空间里再次释放出让人着迷的气息。我们感觉有些不可思议的是,在很多年以前,就已经有外国人出现在那个相对落后偏僻的世界里,记录下了一些独特的文化现象,也记录下了一些人。英国人看世界的方式,与当地人一直以来看世界的方式是不同的。我曾在一个露天的空间里,见过类似的纪实摄影。在太阳的强光作用下,我只能看清那些黑白的摄影,彩色照片在强光下形成了刺目的光斑,只剩下混沌一片的光斑,那些黑白的照片,由此越发有了永恒的意味。我们看重的是它们的纪实性,其中一些照片记录的就是消失的日常。建筑消失了,人物消失了,自然消失了,动物也消失了。一切都在消失,想象力也在消失。还有一组照片,有个人坐在一个又一个废墟上拍照。

黑色大河上的黑色木筏,一些黑色的人坐在木筏上,他们要渡河。那里是一个渡口,水流不是很急(表面上的不急,我曾多次出现在怒江上的那些渡口,水流貌似平缓,实则迅疾)。人们的眼睛里有着几丝隐隐的恐惧,那是对自然、意外与死亡的莫名恐惧。我曾在这样一条大河边生活过几年,只是世界的色调没有黑白照片中那种因为曝光而制造出来的颓败。河流有了颓败感,人群有了颓败感,河流所带给人的只能是错觉,而人群有可能真的如此。人群中还夹杂着马匹,木筏上竟然有马匹。当我出现在渡口时,马匹已经很难见到了,见到的是摩托车。马匹将以另外的方式渡过那些大江大河,一些马匹从摇晃的铁索桥上走过,我猜想会不会有马匹以溜索的方式渡河。马会恐惧,那是一些老人讲过的。还有的马在过溜索时会发疯,那是诗人在苍山下说的。他们使尽全力才把一匹恐惧的马拉到木筏上。我们能理解那样的恐惧，特别是在前几日我们乡上的几个农村妇女，去某条大河中央的小岛上收辣椒，结果出现了意外。这让我们对眼前这幅照片里隐藏在人们眼中的丝丝恐惧，有了更深刻的认识。

河流消失，他们出现在了群山之间，要歇一会儿，马匹也要歇一会儿。马匹驮的东西被放了下来，麻布织的袋子，里面装的东西不清楚，我们猜测可能是盐巴和茶叶。马鞍被卸了下来，一些人裸露着脊背，一些人在引吭高歌，他们唱的应该是赶马的调子，气氛在那些调子的调解下变得有些忧伤，一群疲惫而忧伤的人群。我希望那不是赶马调，也不希望色调是忧伤的，但那分明就是忧伤的笼罩与蔓延。他们可能不是在唱，而是在讲述着什么，讲述神话与故事，最有可能讲述的是普通的日常。他们会不会谈论人性和思想等看似很严肃的话题？这些在静默的画面里，很难被我们捕捉，我们能从画面中获知的是这样的群体在当下现实中已经消失。他们必然要消失。照片在凸显着它的记录意义，那是纪实性照片。

我在那个空间里思考的是"消失"。"消失"同样也是一个很重要、很严肃的话题。消失的艺术在时间的河流里泛起金色的光。一些职业的消失，一些生存状态的消失，那条河流的消失，那张照片最终也可能会消失。你不用有意去思考，消失的因子在那个空间里已如尘埃般聚拢又消散。黑白照片是一种存在，你感觉不到里面生活现场的永恒意味，只能通过摄影艺术来感受与消失的主题相对的永恒意味，亦即艺术的永恒意味。在那个空间里，你隐隐感觉到了艺术的永恒性，有时艺术的永恒性是消失赋予的。在一些时间里，艺术的永恒性也成了一种悖论。很多艺术同样会消失，消失得令人猝不及防。

摄影师拍下了一副棺材，在照片旁标注了在去哪里的途中偶遇了这样一副棺材。黑色的棺材，一群黑色的人抬着，有的人脸上有汗水滴落，这也意味着棺材不是空的。多年后在苍山中做田野调查的途中，我也偶遇了一副棺材，只是抬棺材的都是已经上了年纪的人。他们气喘吁吁地抬着棺材，棺材前面有一个老人在吹唢呐，同样气喘吁吁。抬一个死人是需要力气的，要爬上那些陡峭的山也是需要力气的。

时空出现了奇妙的倒置，一些东西很相似。我们在面对相似的棺材时，内心的想法会相似吗？一个外国摄影者，一个传教士，他与我是完全不同的。我们在面对同一副棺材时，思绪是不一样的。棺材会唤醒我们内心的一些经验。我熟悉那样的棺材，熟悉抬棺材的人群，他们要在某些地方停留一下，吹唢呐的人要吹一些过山调、过水调、过桥调，这些我都有经验。而那个外国人在这些方面的经验无疑是空白的，棺材和抬棺人可能会唤醒他对陌生事物的新奇体验。于我而言，则是唤醒了一个熟悉的场景。几年后，我能肯定的是将不会有人像我一样在苍山中偶遇一群抬棺材的人。那时，棺材可能已经消失，他们可能会偶遇一个捧着骨灰盒的人，捧骨灰盒的人将会轻松一些。

与另外一张黑白照片相遇。照片拍摄于20世纪30年代，几个传教士，或坐或立，还有一条狗，黄狗，抑或是别的颜色的狗，在废墟之上，在那些人旁边驻留，与那些人之间有一些游离的意味。几个传教士，无名氏，传教士这样的身份就摆在那里，服饰已经说明了一切。已经成为废墟的建筑却很难说明什么，民居或是别的建筑，是否可能是一座被艰难建起的教堂？这样的教堂我在一些地方还能见到。一座有着强烈的地域特色的教堂，从外观看，有着当地的建筑特色，但依然一眼就能看出那是教堂。黑白照片本身只是一个切片，一个局部，还有太多垮塌的东西，让建筑的真实变得模糊。世界的模糊性，以及在面对模糊的世界时，判断力的模糊。我希望能拥有一种不太绝对的判断世界的方式。

在云南（这又是一个确切些的地名，其实"云南"指涉的同样只是一个大致的范围，云南之内依然有着太多应该确定却又无法被确定的地名，这也在一定程度上让自己有些窃喜）的高山峡谷之中，很多教堂的建立都经历了我们无法想象的艰难。除了那几个传教士外，就没有其他人了。幸好从那些还未彻底坍塌的墙上可以发现一些蛛丝马迹，这些已经成为一片废墟的建筑就在云南。传教士的目光，那是我无法描述的目光，总觉得那是从古老时间里穿透过来的目光，同时由于身在废墟里的缘故，目光变得有些迷离。没有任何知识和材料的支撑，眼前就一张照片，照片本身有着太多被可以被解读的东西，有真实，也有不真实。但我相信身处在那个废墟之上时，他们的目光所呈现的就是他们内心的真实。这时，我开始希望那个坍塌的废墟是教堂，这里没有丝毫亵渎之意，如果那曾是教堂的话，几个传教士在那里一定百感交集。我把自己带入那个情境中，废墟最初是刚建起的教堂，这样的想象会给人一种忧伤的悲壮感。那些传教士的出现，本身就充满了忧伤的悲壮感。当然，只有熟悉云南的高山峡谷之人才能真正觉得我所言不虚。我又希望那不是教堂，从种种痕迹看，如果那不是教堂的话，就必然是民居，这同样带来的是无法言说和抗拒的忧伤。我再次看着那张照片，那些目光直直地注视着我，我被那样直视的目光所痛击，真是痛击。

　　我离开了摄影博物馆，那些照片一直在我脑海中萦绕着，变得越发清晰。它们将继续被我阐释，也可能拒绝被我阐释。

26

这之后,我在《旅行者》之外有机会在一座博物馆里看到了《时间老人》。从一个棚铺里闪现出一位老人,他挥起镰刀又让它落下,动作缓慢,钟表的齿轮旧得生了锈,在镰刀的起落中有涌动,有静止,有反复,时钟不再指示我们通常对时间的概念。而此刻的我,紧贴着玻璃窗,如痴如醉,我无法给出另一种假设。

——［法］伊夫·博纳富瓦《隐匿的国度》

昔日的灰尘在那个空间里已经具有黏性,沾染在那些墙体与旧物上,然后凝固,像画家画一幅画时的用色,色彩落下,劣质的颜料慢慢干结。那依然是一座博物馆,一座私人的民间博物馆，私人博物馆往往无法真正做到被擦拭一新。有时，如果在房檐或者角落里看到一些蜘蛛网，也不会让人感到惊讶。我们进入那座博物馆时，门是敞开的，没有人守着那个空间。但一定有一个守着那些东西的人。一开始可能是博物馆的主人亲自守，可慢慢地感到了疲惫和厌倦，即便自己很喜欢博物馆里那些花了很大气力到处搜集过来的东西。然后是其他人，其他人也慢慢感觉到了疲惫。里面有着各种各样的物件，没有规律，随意堆放在一起，那是会让心灵受到挤压的无序。那样的无序与拥挤，也拒绝一些人参观。没有人，没有介绍的文字，光线也不是很明亮，需要你俯下身子，凝视。你终于看清了那是甲马，不是甲马纸，而是雕版。你一眼就看到了众多的雕版，一眼就认出了其中的一些图案。你发现还有一些陌生的图案，那是你在苍山中的那些村落里行走时，不曾遇到过的图案。一些甲马纸被焚烧，还有一些甲马纸被贴于门上，它们都是通灵的纸张。那些雕版出现在这里，也意味着它们已经被弃用，它们的意义都在那个空间被消解。它们拥有了另外的意义。我看着那些落在地上的灰尘和挂在房屋角落的蜘蛛网发呆。

27

那应该是在四年前,我在阿姆斯特丹的一家博物馆里第一次看到了扎德金(Zadkine)的文森特(Vincent)和提奥·凡·高(Theo Van Gogh)的雕塑。……坚硬的石头作品很少被铸造得如此柔软。

——[英]杰夫·戴尔《文森特雕塑与布鲁斯音乐》

一座古旧的建筑。手指触摸着建筑的窗棂,上面覆盖了一层厚厚的灰,有些黏性的灰尘(我熟悉那样的灰尘)。触摸着其中一扇木门,粗糙,有一些细细的裂痕。推开木门,门发出吱呀的凝滞声响。声音里有时间的重量。你强烈感受到,原来时间的重量是可以被听觉测量的,灰尘的重量同样如此。建筑除了门窗以外还有其他。比如柱子,柱子上的裂缝开始出现,一些木楔也开始出现，还有再次出现的补丁（木匠在面对那些裂缝时，想到了木质的补丁）。还出现了瓦片，瓦片上长出一些瓦松。瓦松，多肉植物的一种，很形象地命名。繁茂的瓦松在瓦片上生长，没有人把它们除掉，就让它们继续生长。还有房檐，房檐上的图案在微弱的光线中变得有些暗淡，需要光的照亮。那些建筑需要光，时间也需要光，出现在建筑中的生命同样需要光。

那段时间，你看的书是《蜘蛛女之吻》，有意在那座建筑中把书拿出来，翻阅了几页。他们在监狱里谈论着电影，你也想像他们一样选择在眼前的这座建筑里与人谈论些什么，也像他们一样谈论电影吧。是谈论一些厚重的题材，还是一些风格幽默风趣实则主题沉重的电影，或是一些小众的、能反映一些小城艺人生活现状的文艺片，也可以是一些有很强地域性的电影……你脑海里闪过很多电影，经过过滤，只剩下类似《远山的呼唤》等为数不多的电影。你想到了那个每隔一段时间就会重复看《远山的呼唤》的友人，你和他应该会有一些共同话题。你们对电影的兴趣应该是一致的，或者说他才是一个更合格的观众。你还想到了另外一个友人，他看的很多电影，你都因孤陋寡闻而不知。他每天都在看电影，如果他成为讲述者，他将给你讲述很多电影，一些是你很感兴趣的电影，还有一些是你没有多少兴趣的电影。他问你，你对电影要表达的主题感兴趣吗？你对电影的结局满意吗？你还想听些什么样的电影？《蜘蛛女之吻》中，发生在牢房里的一些对话，可能会被重复，一些在当前的空间里可能发生的对话也将会出现。一些电影将会让你忘记身处何处。只是两个友人，或者更多的友人，并没有跟你谈起过任何电影。你们并没有谈论电影，你们很多时候都沉默不语。你真实地意识到在眼前的空间里只剩下自己了。

当只剩下自己时，你想把一些东西唤醒，比如与那个空间有关的过去的经验。你想唤醒的是在那个空间里曾经举行过的一场祭祀活动。你看到橱窗里摆放着祭师的衣裳，一些破旧的已经被同一个人重复穿过，或被不同人穿过的衣裳。细细端详衣裳，破旧的华丽，黄颜色，上面有着一些图案，动物的影子闪现。一些现实中的动物，我们能找得到，还有一些并不存在于现实中的动物，我们需要靠想象力来创造。制作那种衣裳的职业，是非常需要想象力的职业。眼前站着一些人，朝你颔首。眼前并没有站着任何人，只是衣裳。你看到了除了衣裳以外的器物，这些器物的存在，对唤醒一个祭祀的场景而言很重要。把衣裳穿上，拿起器物，还需要一些低声细语的语言，是语言而不是文字，一些语言并没有文字。语言不见了，你无法继续进行那个仪式。仪式成了摆设，仪式已经没有意义，仪式已经真正消失。

眼前的空间，以及空间里的东西，都暗示着一种无力的感觉,一些曾经的有意义与此在的无意义。那些东西真的已经没有任何意义了吗?这只是疑问。一切存在,当然有其特殊的意义。你见到了那个老人,他们说他曾经是祭师,只是老人给人一种他已经对记忆中的身份很淡漠的感觉,他不跟任何人谈论过往。很多人在面对那样一个静默的老人时,都很好奇。老人似乎已失去了说话的能力,他动了一下嘴唇,在风中舔了舔干裂的嘴唇后,继续保持静默。他只能成为一些人转述的对象。如果把他带到那个空间里,当面对那些他异常熟悉的服饰和器物时,不知道他会有什么样的反应?没有人知道,一些人跟他说起过,他不感兴趣。我只能想象,到了某个时刻,他的记忆开始复活,他从箱子底部翻出珍藏多年的服饰和器物,出现在旷野中,为自己举行一场招魂仪式。我无法肯定,那个衰老的身躯,与自己的服饰一样衰老的身躯,即便有那样的想法,是否还有能力去完成。老人对我们笑了笑,笑容慈祥而温暖。我竟突然想到,老人之所以沉默,是不是因为与我们语言不通?他说的民族语言我们不懂。语言不通妨碍了我们之间的交流,让我没能抵达一个曾经无数次想象过的祭祀活动。依然无法解释的是老人对过往的兴趣索然,我与他语言不通,但那些给我们讲述的人却不存在这样的问题。笑容变得意味深长。

我们与那个老人道别,只能回到那座博物馆里。那些服饰和器物,又没有了任何可依附的人。那时,那个空间里没有风,如果有风，不知道那些衣物被风吹得轻轻摆动起来后，又是怎样的情景。想象一下，继续想象一下，只是每一次出现在那里，都无风，或风很小，轻微的风无法把那些衣物吹动，那些衣物上有了一些时间的重量。那里有"禁止触摸"的字样，如果没有，我一定会忍不住想去触碰一下，去感受一下那些衣物的重量。无法触摸，也就无法掂量，重量同样也成了想象中的重。只能是重，不可能是轻——轻的话，轻风就可以完成掂量，这又是反推的结果了。那个老人是最后的祭师，这是他们跟我们说的。物回归为物，人回归为人，或者也回归为物，老人才会陷入沉默。

在那些物面前，我们只能依靠想象力。不清楚这已经是自己第几次意识到这一点并强调想象力的重要性了。我们依靠那些物抵达的将是另外一个场景与现实，我们可能离世界的真实很远，远到就像是在讲述过往的记忆与传说。于你而言，那些物的存在，让你的想象力再次拥有了激荡的生命力，复杂的感觉在内心激荡着，让你无法平静下来，让你感到不安。一些电影会让你平静下来，只是这个空间里并没有任何有关电影的东西，只有你手中的书。你为何会带着这么一本书出现在那个空间，这只是你无意为之而已。一些人看到你手里拿着的书后，一定会露出可疑的神色。你确实没有在那个空间里认真翻看过几页。你只能安慰自己，正如某个人所言，一些书即便不翻看，只是随身携带，它们依然会以某种方式对你进行加持。

我们可以让空间之内的"无"进行繁衍，会繁衍出"有"，会从"一"繁衍出"无数"。你在那个空间里，放任自己的思绪漫游。你努力想从那个空间里挣脱，你意识到沉溺其中的危险。你突然想起，曾经一些电影在这个空间里放映过。那是电影语言，不需要讲述，电影在完成自己的讲述，只有观众的感受不同。出现在电影博物馆，了解电影的发展史，一些电影片段在放映，黑白电影，彩色电影，默片，喜剧，荒诞，情感，以及其他，我们能在那里了解到关于电影的常识。一座很简陋的电影博物馆，一座想囊括一切电影形式的电影博物馆。但那个空间还是太小了，更多是黑白电影的世界。

再次把目光放在那些衣物上。衣物，帽子，挂于墙上，破旧的，没有肉身的填充，衣物耷拉着。那些红黄黑三色相杂的条纹上，有一种被灰尘沾染过、被烟熏过的痕迹，那将是一身不再有人去穿的衣物。它的存在，也佐证了曾经有穿这样衣物的人。很直观，与自己想象中的服饰多少有些不同。法器，被摆放在了衣物下方的橱窗里，衣物和法器之间是隔开的。铓锣、圆锣、木鱼、锡杖，还有其他一些东西，都带着时间的色调。时间在这些物上留下的并不是日渐暗淡的光，反而是一种透亮的光。这些透亮的光，在那个幽暗的空间里，泛着令人惊叹的光泽。我们会惊叹那些物已经被人使用了多少次，会惊叹在那些光泽的形成背后，是一个怎样神奇的碰触过程。所有的东西都是隔开的,它们成了一个又一个单独的物件,我们再也无法把它们很好地摆放起来。如果祭师还在的话,他应当不会像此刻我见到的这样来摆放它们。我曾见到一个老人小心翼翼地把他的服饰放在箱子里,把他的乐器好好地放在服饰旁边。它们给人的是擦拭一新之感。没有了那位祭师,没有了那种文化现象后,它们就成了物,我们只能靠把那些物放在一起来继续想象。它们无法唤醒一个曾经的现场。粮食出现,净水出现,依然只是一个物的现场。我在那个空间里时,没有其他人。简单的文字介绍,依然无法还原一个现场。我也意识到曾经一个声音生长的现场,慢慢静默下来,最终声音消失,只剩下静物。我们只能拥有一个大致的印象。如果在这之前,我对这个空间里展示的东西有更多一些了解的话,可能感受又将是另外一番模样。只是眼前那些摆放着的物,我在这之前都不曾见过。一片荒漠中摆放着一些东西,然后用想象继续把它们放入一个现场。

28

国家影像美术馆是一家非常普通的博物馆——但是那面被可爱的东西所映照的墙却是美的典范(而且透过窗户还可以看到协和广场,对于塞尚而言,那是"唯一的广场")。

——[奥地利]彼得·汉德克《圣山启示录》

一幅画,画着立体的空间。有两个人进入其中,一边是粗线条的黑影,一边是细线条的白影。人的头顶上是一些黑色的树木,几棵树聚集在一起,成了一片森林。文字消失,只剩下画的语言。用线条表达的语言,用线条制造的空间。现实中的一些空间,用线条勾勒而成。线条是基础,组成了那些图纸。

工匠无比依赖那些图纸,有了那些图纸才不会出现纰漏,才能制造出理想中的建筑。一些工匠真的出现了。画图纸的人年纪稍大，他成了画师，必不可少的画师，眼前的那些木匠也必将成为合格的画师。你担心一些画的轻盈感会消失，会变得古板生硬。你的担心有点儿道理，你的担心又显得多余。你不是木匠，与他们之间有着一些距离。那种隔阂感你感觉到了吗？你感觉到了，在你无数次进行田野调查后。有时真无法消除一些隔阂。一些木匠围拢在他身边，大家一起讨论着将被建造的空间。你嗅到了木头的气息，看到了木匠脚边的锯末。木匠踩在上面，松木的气息扑鼻而来。木匠的工具堆放在一起：手工锯、木工刨、木锉刀、手工凿、木砂纸、量具，数量很多，大小不一。他们在讨论的时候，这些工具暂时是安静的。你曾梦想成为一个木匠，你甚至已经跟着某个木匠师傅学习如何成为一个木匠。现实没能让你成为木匠，只是让你成了一个无比依赖想象力的人。现实中，一个又一个木匠消失，一些人逝去，一些人收起了那些工具。只有在木雕博物馆里，一些木匠再次回来，安静地雕刻着木头。木头不再是木头，而是一些房子、一些人物、一些河流、一些鸟兽虫鱼，还有一些是非现实之物。当看到那些非现实之物时，我才意识到想象力对木匠而言同样很重要。

　　你想感受这个画里的空间，只是无法进入其中。两个抽象的人，两个不具体的人，你甚至无法辨别他们的性别。当那个空间只剩下一扇进入其中的门时，两个人就站在门边，在对话，也可能是在沉默，他们那模糊的目光也投向了不同的地方。他们在面对可能的广阔世界时，表现出了犹疑与无能为力。有时就是这样，不只是那两个人，还有我，还有其他像我一样的人。我们看到的是两个暗淡的影子在徘徊。更广阔的世界里，可能会有巨大的悲剧与灾难，可能也会有强烈的失望与希望。如果那两个人的性别变得明晰之后，他们可能会成为男女，可能会发生一段爱情，相互间也可能会产生仇恨与妒忌。

爱丽丝梦游仙境。爱丽丝的身体不断变化着，那只白兔坠落到松软的洞中，爱丽丝也坠落其中，与现实拉开了距离。一个超现实的世界，爱丽丝也成了超现实的人，她的身体可以随意变形，可以像达利的时钟一样融化变形。爱丽丝的脖子变得无比细长，爱丽丝的目光伸入绵软的云朵与斑斓的世界，许多动物出现。这也可能是进入那个空间后，所会遇到的世界。你刚刚跟女儿读了爱丽丝掉入兔子洞的故事。女儿觉得自己就是爱丽丝，女儿暂时从你的眼前离开，她要去自己想象的世界里，留下我一个人，看着那两个模糊的人。那两个抽象的人，不再是人，而是成了树根，庞杂的树根。他们不再是人后，你感觉有了进入那个世界的可能，一个森林密布的世界，一片秘密的森林。

如果推开那扇门，那些森林是否只是边界上的东西，森林的尽头便是沙漠，一些生命从森林进入沙漠后，将完成不可思议的变形。那将只能是发生在童话中或魔幻现实主义文学中的变化，从一种形态变为另外一种形态，是从某种具体的生命变成另外一种具体的生命，从豹子变成蜥蜴，从蝴蝶变成骆驼，从麋鹿变成红蚁。许多变化就以这样的方式发生着。如果女儿知道或者看到这些变化的话，她一定会很激动，那将是现实对她想象中的世界和童话世界的映照，那也将是对生命的另外一种认识。如果能够目睹这样的变化，不知道已经是成人的我们会产生怎样的感觉和认识？如果你知道其实这不可能会发生时，会不会很失望？你会失望，你切身感受着生命在一些时刻的一成不变。你想目睹由树根变成人，或者由人变成树根的过程。树根与人之间，的确应该发生一些奇妙的联系。树根很像人。你产生了一些奇妙的联想。你一直希望生命所具有的生长的力，以及生命所具有的美学不是往颓丧处坠落的，而是一种无尽的颓丧后依然充满无限希望。它们不再是树根，不再是人，它们开始变得无比真实，只剩下粗重或轻盈的线条——只是博物馆中的一幅画。

29

> 雪和雾中的都灵。埃及博物馆中那些被人从沙子里挖出来拆掉绷带的木乃伊全冷得缩成一团。
> ——［法］阿尔贝·加缪《加缪手记》

我在那个空间里翻开手中的书——《毁灭者亚巴顿》。"布鲁诺向来喜欢观察这类孤独的、沉思的、郁郁寡欢的人。"我也喜欢观察类似的人。在这个空间里,我没能看清楚他们,他们在光线的作用下,面部表情都很相似,表面上的相似,只能让你借助于声音来区分。大家都意识到声音的重要性,发言的人有很多,十多个,发言将持续很长时间。发言都围绕着同一个话题,发言的时间也有限制。大家都很激动。大家在回顾一份报纸在几十年间的变化。一些人已经老去,一些人行将老去，一些人还算年轻。在情绪的波澜中，发言的条理时而清晰，时而紊乱，有些人发言的时间也远远超过了原来限定的五分钟。

我不排斥这个空间，我还是有点儿排斥这个空间。一个会场。用"会场"就能把一切概括，把所有的特点都概括了。我故意把会场忽略，让空间变得模糊。窗外可以看到苍山和湖泊，我们可以为这些自然之物走神。会场里聚集着很多艺术家。艺术家是一群容易走神的人。我看到了多年未曾谋面的他。他背对着那个湖泊，已经两鬓斑白，目光变得浑浊了些。他同样有些激动，从他的发言中就能感受得到，让我感到高兴的是他在发言时，表现出与自己的躯体完全不同的一面，声音可能会低沉，现实却丝毫不低沉，应该会突然间感到疲惫，现实中却丝毫没有露出疲惫之态。在这个空间里，他陷入了回忆，他的发言有五分钟左右。在这短短的五分钟时间里，他回顾了自己人生中一段很美好的经历。在迟暮之年回忆青年时代。他青年时代的经历让很多人感同身受。大家都在回忆，回忆方式不同，回忆时的情感却是一样的。我以不同的方式获知了他到目前为止的大半生。很年轻的时候的事，我不是很清楚，再大些，就成了文学青年。我读过他的很多文字，关于自然、河流、村落、湖泊。一个在自然中行走的人，一个内心对自然有强烈渴求的人。一个编辑，他编发着文学作品，从副刊到杂志。我们不去谈论副刊,也不去谈论《玻璃球游戏》里提到的副刊文字。他退休后,在那座将被拆除的建筑里,我和另外一个人出现在他的面前。我们谈论的是俄罗斯文学,重点谈论了《静静的顿河》。他的书架上有一套醒目的《静静的顿河》。

在这个会场里,我把全部注意力都放在了他身上。他是我一直很尊敬的人。他写了一辈子,却一直很谦卑,不曾夸耀过自己的创作。他喜欢游泳。他会骑着自行车经过博物馆,偶尔也会进去。我理解他,我经过博物馆时,就很想进入其中看看。那种想进去最终却没能进去带来的煎熬,总是让人难受。他跟我说起,在博物馆中静静地面对那些文物时内心的感受,他能感受到时间的恒久与艺术之光的不灭,也能感受到精神世界的重要。游泳时,他感受到的是不竭的生命力。他曾在冬日雪落入那个高原湖泊时,跳入冰冷的湖水里。他的身体慢慢适应了湖水的温度,从湖面望着远处的山,半山腰都已经积满了白色的雪。雪落入湖里,落在了他的身上。那样的感受和体验屈指可数,他说再也不会有那样的体验了,雪已经很难落到那个湖泊了。当他做了一次心脏手术后,游泳成了他偶尔去追忆和感怀的过往,他明显感到自己的生命力已不再旺盛。他现在长时间生活在北京,偶尔才会回到这座城市。在他身上,有着让人感慨的强烈的命运感。他的命运确实发生了一些变化。

在博物馆里，我看到了一些人在那条河流中游泳的照片，看到了他的身影。他们要横渡那个高原湖泊。我还看到了他们融入其中的湖水，幽蓝，洁净，没有任何污染，也没有爆发的蓝藻。我走出博物馆，前往他们曾游泳的位置。那种行为里暗含着的情绪波动，只有自己才知道。他还曾在那个高原湖泊边不断行走，进入一个又一个村落，用文字记录和思考一些东西。我看到了那些文字，有点儿遗憾的是，他只出现在了为数不多的几个村落里。诗人说自己被某个世界的色彩、声音、人的样子和植物的外表迷住了。他与诗人在一些时间里很像。我们也在一些时间里很像。破旧的，已经废弃的渔船被丢在了村落的某处，离湖泊有点儿距离。他会诧异那艘渔船为何会出现在那个看似不应该出现的地方。需要多少人抬，渔船才能被抬到那里，然后生锈，变形，落寞。他看到了很多这样的渔船，还拍下了那些渔船。它们的色彩较之平时要绚丽很多。海天一色中，它们已经损毁的一面被色彩覆盖，世界真实的色彩，以及诗人与摄影者的色彩。我在那个湖泊旁的一座村落里，看到了很多废弃不用的船，人们要在那里集中焚毁它们。他能肯定那些渔船将不会再被人使用，还一度怀疑曾经的渔夫已经离开村落去往城市。他在另外的那个村落里看到了一些渔夫，他们还在打鱼。那是不是禁止捕捞的季节？他看到了很多打鱼的人，那是现实在反抗着他对世界的误解。

开海的照片,同样可以在博物馆中看到。一些古老的服饰,一个古老的祭祀活动在那个高原湖泊边举行,一部分人很严肃,一部分人又很喧闹。那是同一个世界里人类不同的两极,狂喜与安静,尽情释放与强烈隐忍。

30

> 博尔赫斯:"他的家好像一座博物馆:一座以他为专题的博物馆。……"
>
> ——[阿根廷]阿道夫·比奥伊·卡萨雷斯《日记中的博尔赫斯:1931—1989》

关于废墟的博物馆,你看到的都是废墟,里面的艺术品都与废墟有联系。有一些照片,如果没有照片的话,那些旷野中的废墟将无法被安放在博物馆。废墟会给人的内心带来一些震动,不只是视觉上的冲击,更有源自灵魂的战栗。我们看到了每一个废墟的成因,那里有简单的文字介绍,战争、瘟疫、迁徙,以及其他一些天灾,前所未有的洪水与风沙。风沙慢慢吞没了一些建筑。稀少的人类痕迹。人类退出去,其他一些生命反而与人类相悖，它们生活在那些废墟中，物质与精神双重的废墟。

在那座博物馆中，我们感受到更多的是忧伤与疼痛。废弃的砖块与钢铁，已经固化无法使用的水泥，干涸的水与草木，破碎的玻璃，生锈的铁丝，无法融化的塑料，发亮的瓷片，缠绕的织物，堆积的稻草，折断的树枝，飘飞的纸片……我们确实能感觉到那些废墟依然在释放出诗意，"艺术就是美"成了悖论。在那里，我们看到了一个世界的没落与颓败，也看到了人类命运的脆弱与悲剧。一些画，都是关于战争的。我们看到的是那些赤裸裸地暴露在外面的东西，它们都在警醒着我们。

有位艺术家创作了一系列关于废墟的艺术品，并把它们放入一个破旧的厂房中。那样的放置，同样有很强烈的隐喻意味。曾经其中一些相对抽象的艺术品在城市的某处展出时，一些捡拾废铜烂铁的人不知道那是艺术品，他们把那些废弃物，那些艺术品的缘起与组成部分，拆解下来。它们又成了废弃物，又成了可以被卖到废品收购站的废弃物，价格很低廉。这成了近乎黑色幽默一样的存在。进入这样的空间，我们同样会深受震动。我们看到了太多的废弃物，那些无论出现在哪里，都往往会沾染上太多铁锈红的东西。生命的一种完结。在那个同样是生命退场的破旧空落的厂房里，它们被组合在一起。我们至少感受到了艺术的生命力。艺术在那里暗指着现实世界。艺术会让人感到不安，也会让人感到悲伤。战争会让一切成为废墟，会让一些人的命运滑向最惨烈的一面。艺术家，在那里展出和创作的艺术品的用意似乎就是如此。

同样是关于战争的展览。那是在另外一座博物馆，展示的都是关于战争的东西，弹夹、军刀、步枪、坦克、车、飞机、望远镜等等，一切都像是从土里掩埋了很久后重见天日一样。我们还看到了各种各样的塑像，一些年轻军人的塑像，一些呼吁和平的塑像。在面对这些塑像时，我们的眼里只剩下发生在那块土地上的战争。有些塑像是失败的，那些塑像并没能把战争给人的重负与沉重表现出来。但在战争面前谈论塑像的艺术感，似乎又多少有些不合适。在很长时间里，我没有深入到那块土地的历史深处，有个朋友跟我说这多少有些遗憾，毕竟关于战争的那段历史不应该被忽视。我只是没有跟他说，面对那段历史时，人总会陷入无比沉重的情绪中，那样的情绪需要很长时间才能平复，或者将永远无法得到平复。

我们就在那座战争博物馆前，谈论着一场过去的战争。那只是一些人经历的战争。我们没有经历过战争，我们所了解的战争都发生在了很遥远的地方。我们谈论的是该如何从参观博物馆的沉重与悲愤中走出来，战争博物馆存在的意义是否是让我们一直保持仇恨。我们是否只是一味在仇恨，是否还应该用仇恨之外的视角来看待一场战争。在那个空间里，我们被各种情绪困扰着,我们真切地感受到了情绪在深受震撼之后的久久不能平静。

杰夫·戴尔的《寻踪索姆河》,是一本关于战争的书。当出现在那座战争博物馆时,我想起了这本书。我对战争的一些认识,不可避免地受到它的影响。我们总会告诫自己,要努力挣脱一些思想的影响,然而很多时候,却无力抗拒。当我们都在面对战争,并身处关于战争的博物馆时,一些思绪竟出现了惊人的相似。在我还未遇见杰夫·戴尔的作品时,已经多次出现在那些曾经的战场上与战争博物馆中了。那些博物馆和战场,离我教书的地方很近,只是有一段时间,我故意把距离拉长,故意忽略那些空间的存在。

无论是战争博物馆还是其他博物馆,我突然觉得那都是对无序的一次整理。童年生活是有序的开始,伴随着成长,我们会不由自主地陷入无序之中,与无序进行着旷日持久的抗争。无序会让生活普通与平庸的部分凸显出来。让自己没有想到的是,在一个静默的空间里,那些喧闹的无序消失了,一切又变得有序了。只是在面对博物馆中的那些物时,我们又意识到有序的艰难。

31

与此相反,美国的图书馆和博物馆才是城市记忆的最佳保存之所——因为这些城市患有健忘症:古旧建筑不消几十年便遭唾弃,而后由光芒四射的新大楼取而代之。

——[波兰]亚当·扎加耶夫斯基《轻描淡写》

雪山下的某个村子里,有一座博物馆,里面是一些壁画。我们在别处见过了那些壁画。它们被一些人临摹后,在很多城市展出。我最想询问其中一个临摹者,面对那些原作时,是否会产生卑微渺小的无力感?毕竟最终的作品虽无限接近原作,却依然只是模仿而已,那些壁画背后的原创性与想象力都是临摹者很难拥有的。在平庸现实的挤对下,我们的想象力已经变得贫乏，对斑斓色彩的捕捉能力，同样已经显得无力。同样是在雪山之下，有一座还未彻底完工的建筑里面展出着一些画。一些已完成的画被放在未竟的空间里。

面对壁画和眼前那些极具原创力和想象力的画作时，感觉不尽相同。眼前很多都是一些比较前卫的画，与我原先认定会遇见的画不一样。我以为在雪山脚下，会出现很多有关自然的画，现实并非如此。与我同行的画家，不停地为我解释。许多抽象的画，我很难轻易就看懂。那些绘画表现的往往是人潜意识中的东西，比如人的恐惧，甚至人的扭曲与异化。其中一幅画上聚集的人都是怪异的，瞳孔变大，面部变形，用色也基本是近乎渲染的红色，给人的冲击感很强烈。不多的作品，两层，房间空阔。空阔中情绪的细腻。空阔中，人的感觉就会很敏锐，人会感觉到一种空，也会感觉到在那个偌大的空间里，心灵所产生的微妙变化。山水画很少。但那里似乎更适合展示山水画，比如雪山与溪流，雪山与古镇。那些布置和选择的人，可能有自己的深思熟虑。也许他们就是想要给人一种反差，甚而是突兀的感觉。我再次把目光放在了那些前卫的画作上，密集的人群都是一样的嘴形，像是在吼叫，因痛苦而吼叫，因陷入群体的迷乱而吼叫，不同的吼叫将有不同的指向与解读。我想看看画作是如何被命名的，结果发现没有任何命名，那是匿名的画与世界。

我们看到了在雪山下作画的人，他们的人生与命运都无法被我们触及。我们只是在那个空间里看画，里面有为数不多的几幅山水和人物油画。山水是眼前的山水，从那个空间里走出去，就能看到画中的雪山、草地、河流和牛羊，还有隐约的牧羊人的身影。我们出去是要透口气，空间虽然很大，但只是在毛坯上随意搭建而成，让人感到压抑。空间的作用开始作用于我们身上，影响我们对那些画的感觉。画面往往都是冷色调，只有那些纳西族妇女的背影是暖色的，那是服饰给人的感觉。而那个眼神里充满恐惧和渴望的小孩，还有其中一个妇女转过身时的神色，瞬间又让画面的基调滑向另一端。这幅画在那个空间里有别于任何一幅画。我旁边的画家有话要说，他同意我的观点。我见过他的画，主要是山水国画，与眼前的这些画不同。当我这样跟他说时，他说自己也画了好些油画，自己同样不排斥那些前卫的东西。他还认可了那些前卫的看起来很纷乱的画，在表达当下人类复杂的内心时有很大的优势。

有一幅画里的目光是幽蓝的，幽蓝中是一个蜷缩的蓝色小孩。幽蓝同样不是暖色调。各种符号，数字，电话，飞机，钟表，未出生的胎儿，奔月的嫦娥，古老与现代的建筑，杂乱地组构在一起。这是一幅无序的画，里面又有如那些数字一样的有序。从"1到9"有着各种合理的排列组合，再结合其他：从神话与想象的世界到现实的城市与飞机，从不规则图形到有规则的三角形和正方形。我们还看到了现实中任何一个婴儿诞生后，都可能面临的被现实世界裹挟，以及被现代文明与建筑淹没，继而无法成长、成为巨婴的潜在命运。这些画里面是否有画家本人的影子？我开始一个一个地看画面中的人影，有可能那个婴儿才是画家本人。画面中的婴儿，也可以是任何人。我们的思绪可以不断延伸开来。艺术家所要表达的可能就是解构现实的无序与有序。我在那幅画前驻足良久，思绪被画面牵扯着，又不时游离于画面之外。

把目光从那幅画上移开，重新放在其他那些画上。那幅像是表现众人在呐喊的画，模仿了那幅著名的画，只是眼前的画里呐喊的是众人。有人已经捕捉到了我内心关于重复或者抄袭的想法，他们解释说，那最多只是戏仿，最多只是对一些现实与内心感受的相似的捕捉。还有一种可能，画家在画那幅画时，就是故意要让观看者想起那幅名画，画家已经给我们制造了一个陷阱，我们跌入其中。画家将窃喜自己的作品被人误读。我们有了一些质疑与思考，毕竟二者那么相似，只在数量上略有不同。数量由一到多，由个体到群体。那是一幅有着无数隐喻意义的画。我们尝试解读眼前的画，以非专业鉴赏者的眼光，以纯粹的眼睛与心灵的感觉来面对那幅画。我们可以从众人相似的表情中看到众人的痛苦，还有可能是众人的狂热，还有可能是众人聚集在一起后，依然无法驱逐的孤独。我似乎看懂了那些抽象的画，其实我无法肯定自己是否真就看懂了它们。那些画表达的是内心深处的一些形象与光线，我们看到了一个又一个备受折磨的灵魂，那些画并不是在展现长时间生活于雪山之下的怡然自得。备受折磨的灵魂，清醒的灵魂，还有清醒的画家，不能把自己的呆板与僵硬带到雪山之下。

不同的人在面对那些画时，内心的感受往往是不一样的。我们在面对那些画的同时，还要面对那个空间之外的环境。雪山太重要了，携带着雪粒的风太重要了，那些绿色的旷野中自由地吃草的牛羊也太重要了，哪怕一个放牧的老人或小孩都很重要。老人与小孩出现了，他们出现在一些尚未展出的画中（我们在其中一间工作室里，看到了一些草稿），他们代表完全不同的艺术姿态。我们眼前的艺术家，正值壮年。他在面对老人和小孩时，艺术表达的力度，也体现出了微妙的不同。

专业画家在面对那些画时，又将做出另外的解读。我不是专业的鉴赏者，我更依赖即时的感觉。我想把这些想法表达出来，最终还是忍住了。我继续让漫无边际的思想和情绪在那个空间里游荡着，那个空间开始变得无比空阔。当再次看到那几幅关于自然的油画时，它们已经没有了任何抽象的意味，我突然产生想要快速走出那个空间的冲动。我希望一走出那个空间，映入眼帘的就是那些画面上的自然与生命。我感到失望了：外面是一些已经建好，或者正在建的房子，雪山、草地与河流在不断退让，它们退到了那些建筑背后。从那幅写实的风景油画里，我们可以捕捉到继承自印象派的对自然与色彩的迷恋，那些自然的光总会把人内心的幽暗角落照亮。我这才真正意识到那个生长、生活于雪山之下的艺术家所言非虚，艺术家说自己可以随时奔向自然，自然早已成为他内心深处最重要的一部分。雪山之下，在那个被各种画笔与颜料还有草稿堆满的房间里，我产生了一种强烈的拥挤感。艺术家很多时候都是一个人在那个空间里创作，他并不会感到拥挤，因为艺术也在拓展着自己的内部空间。我们在一条大狗的陪伴下，开始饮酒，我们都觉得需要点儿酒来驱寒。饮酒之余，我突然发现了一些细节，那是任何人都能一眼就捕捉到的，即画家刮下了大量的颜料。在修改油画时，涂抹颜料，再刮掉颜料已成为一种常态。艺术家可能还来不及扫掉它们，或者是在刻意营造一个现场：那些堆积的干燥后变得硬结的颜料，是他不断努力把雪山画下来的结果。同时也是失败的结果，经过无数次的刮擦修改，一座精神的理想的雪山还未能在画中得到完美呈现。我们似乎看到了艺术家在面对艺术时，思想上的不堪重负。

  艺术家身处的自然环境是这样的：远处有雪山，雪山下是一些树林，冬日的阳光照在雪山上。如果是其他季节，还可以见到融化的雪、解冻的河流，一场下在草甸上的雨，还有一些初生的牛羊。那样的自然，除了冬日里会让人感到有些寒冷之外，通常会让人心旷神怡。艺术家和其他人都沉浸于饮酒闲谈的状态，没有人去关心那些颜料。艺术家把他的画册给了我们每人一本。里面有他生活在古城时画的画，也有他来到雪山下画的画，画的风格发生了明显转变。在古城中时，他面对的更多是世俗的烟火气息浓厚的一面，来到雪山下，更多是自然的精神性的安静的一面。我们无法谈论他画的那些画，技法与美学上的特点，不知道该怎么谈。他的人生经历，他也几乎避而不谈。虽然画册上有他的个人简历，但我们从那个简历中并不能获得太多有用的信息。

那些出现在雪山下的艺术家，他们的人生与命运，值得去关注。我们离开后，艺术家又将只由那条大狗陪伴着，自己则继续描摹雪山与雪山之下的世界。色彩会慢慢变化，一些景物会时增时减，有时也会出现像我们一样的人，安静的日子会短暂地被打破。那样的生活，我没有任何评价的权利，也说不清楚自己是否会向往那样的生活，是否曾有过这样的想法。在那里待了半天，理想便逃遁了，我想尽快从那里离开。我是在一座博物馆里，先看到了那位艺术家的画，然后才见到了艺术家本人，这应该是最好的次序了。

艺术家参与了对雪山下的那些壁画的临摹。临摹的过程，艺术家跟我们谈起时，表现得特别激动，虽然他深知自己进行的并不是原创，而是对一些无名画者留下的作品的临摹，整个过程带有严肃而庄重的意味，他觉得自己的画在那些壁画面前一无是处。艺术家面对那些壁画时的谦卑，让我们对他的印象很好。我们见过太多夸夸其谈的艺术家。其中有个人我们一眼就看到了他的名字。他们在这里是留名的，与那些壁画原作者的无名不同，这里人们突出的是对那些壁画的临摹。那些壁画的作者已经消失，已经不需要真正有名字的创作者，一些东西已经在无名中完成。我们在艺术家的画室里谈到了属于艺术家的孤独，无论是对哪个门类的艺术家而言，孤独感都异常重要。我们终于理解了为何许多艺术家都离开了那个喧闹的古城，来到了雪山下，宁愿在孤独中啜饮着旷野的风。那些艺术家中的一些人，与我们曾多次在暮色中讲述过的那群艺术家很相似，他们都不是真正意义上的小城艺术家，他们没有许多小城艺术家身上的那种狭隘与僵硬，看那些艺术作品就能感受到。作品说明了一切。

我把目光和注意力都放在了雪山上。我去找小说家时，从他住的房间里望出去，雪山被一些浓雾遮掩着，窗外很长时间都是灰暗的，我们甚至分辨不出雪山所在的方向。那时，我们谈论的也是一些相对模糊的话题，谈论的文学是模糊的，谈论的在现实挤压下的生活也是模糊的。浓雾散去，雪山突然出现，似乎一切都开始变得相对清晰了。我告别小说家，说有几个朋友在雪山下的小村庄等着我。我们不是去看雪山，我们是为了雪山下的那个村子里的壁画,又将是一些会激发我们无限想象的古老壁画。当我们兴冲冲地出现在那里时,门紧闭,我们暂时没能真正见到那些壁画。我们在村子里随意走着,离雪山是那么近。

32

博物馆这个空间是隔绝外界的、不受时间影响的、精致的,也是脱离语境的。它是一处杂交了动物园、避难所和安全区的特质的场所。

——[美]乔舒亚·斯珀林《约翰·伯格的三重生命》

木雕。女性。雕刻的各种。女性雕刻者的存在,其实早已经很普遍,只是我忍不住还要强调她们的存在。这样的强调,并没有任何偏见。我再次进入那座木雕博物馆时,所有的雕刻者都没有出现。面对那些雕刻作品,我无法分辨出哪些是出自男雕刻者之手,哪些又出自女雕刻者之手。雕刻技艺的高低,与性别没有任何联系。在那座木雕博物馆里,我遇到了正在练习弹唱三弦的男孩和女孩。一开始,我还以为走错路了。当看到其中一件木雕雕刻的就是类似的场景时，才意识到男孩和女孩就应该出现在那里。那里摆放着很多我们不曾见到过的木雕，那是与我们此前对木雕的刻板印象完全不同的作品，那完全是对自己固有思维的冲击，也是一次很重要的打破。是否真打破了？我不能肯定，但在里面感受到了强烈的冲击。在这之前，对木雕作品，我往往会先入为主，以为木雕作品总是单一的，毕竟在一个木雕建筑群里，看到的很多东西都大同小异。在这座木雕博物馆里，并非如此。

我不再纠结哪些木雕出自女性工匠之手，哪些又出自男性工匠之手。它们成为艺术品，被展示在博物馆之时，就已经没有性别了，是纯粹的艺术品。我们发出的啧啧称赞之声，是观看它们时情感的自然流露。我们试着感受它们。我们不能触摸它们，只能用眼睛看，然后从眼睛开始调动起全身的感受细胞。我们在木雕博物馆里，待了很长时间。

33

他的工作包括清洁玻璃罐里的标本、保存在博物馆阴暗仓库里的旧展品,以及鉴定标识。

——[波兰]奥尔加·托卡尔丘克《云游》

那是一些已经从日常生活中消失的场景的再次回归,一些人出现在麦田里,穿着民族服饰,清除杂草,采摘野菜,唱着歌,有时是对歌。这样的场景我很熟悉,那是童年记忆的一部分。对歌是每天都能遇见的,一些人的爱情与婚姻真与这样的场景有联系。慢慢地,那些常见的日常生活中的场景逐渐稀少了,现在,这样的场景在日常生活中几近消失。我们都能感受到在烈日的强烈灼烧下,眼前的那些人早就疲惫了。我只是兴奋了短短的几分钟,甚至没有真正听完其中一首歌。我仔细聆听的是人们吹树叶的声音,那同样是记忆里最常出现的,里面有时会有悲情的调子。当再次听到吹树叶的声音时,这些声音仿佛切开了我的神经末梢。

那天,就像出现在一座天然的博物馆里一样,一些人出现在那里。他们的民族服饰华丽斑斓,在麦田油绿的色调中,更为凸显,我甚至会觉得那有些突兀。那时的感觉,我无法真正清晰地表达出来。我们都知道那些场景已不再是生活中的一部分,它们早已被时间尘封,已成为真正的博物馆里的一部分。我们不敢保证这些场景会再次真正复活。当我有了这样的怀疑时,恰巧看到了一棵贴着地面生长的核桃树。一开始,我以为那只是一段没有丝毫生命力的树根而已,细看才发现那是有生命的树根,贴地的树根上长出了新的枝杈,那是年轻而鲜活的生命。当看到这样让人惊诧的核桃树时,我又觉得那些在田间的对歌,还有那些在旷野里的打歌,都会真正复活。而在一些博物馆中,我们看到的似乎就只有简略介绍的文字,或者是录制下来的视频。

那些刻意营造的场景,同样唤醒了我们的记忆。那是对美好记忆的唤醒,里面没有割裂的悲剧的东西。我们相信爱情的美好,相信曾经对天地自然的认识。一个古老的祭祀场景,那并不是我们所认为的刻意营造,它不是表演出来的,它在一些遥远的世界里仍然继续存在着。那是与梦境相吻合的现实。祭祀活动在那些古老的树木下举行。一大片古老的核桃树，寿命动辄都是几百年。它们的生命力让我们顿时感到卑微渺小。梦境中一些人决定要砍伐那几百棵古老的核桃树。这与现实是不一样的。现实中，没有人打那些核桃树的主意。梦里有人把那棵在村口长了多年的粗壮的松树砍倒，当柴烧。原来在松树下举行的祭祀活动，似乎因为松树的消失而不知道该如何继续，至少祭祀活动要换一个地方了。现实中，那棵松树确实被人砍伐了，那些我们习以为常的发生在松树下的祭祀活动也消失了。我们把一棵松树放入博物馆，把那些祭祀活动也放入博物馆。走出博物馆后，我们将在梦里想象那棵松树，以及那些有神秘色彩的祭祀活动。

34

  博物馆里有霍尔拜因、霍德勒、埃尔·格列柯和马克斯·恩斯特。长长的廊厅里一片寂静。身处其中，你会明白伟大意味着什么。

  ——［美］詹姆斯·索特《歌德堂的毁灭》

  又是博物馆里展出的一幅照片。我们看到了旷野的色彩，春夏秋冬阴晴雨雪都在那个空间之内，它们的存在并不矛盾，或是清澈，或是混沌，或是烟雾弥漫，或是落日余晖。一些人影出现在这些色调中，失去了原来的色彩。那些梯田里都是水。梯田成了盛放那些河流的容器。水流似乎并没有渗到地底下，它们似乎就是从地底下涌出来，成为一面又一面支离破碎的镜子，裂纹是那些黑色的田埂。人影暂时不在里面。人影开始出现。水位下降了一些，人们开始插秧，在田里感受着凉风习习。色彩是绿色，绿色中夹杂着人影的各种色调。粉红色开始出现。女儿说她最喜欢粉红色了，问我有没有粉红色的稻田，我一开始肯定地说没有。当某天，看到那些五彩的稻田、七彩的油菜田时，我才意识到原来真有粉红色的稻田，只是在那个空间里没有而已。稻田开始黄了，风一吹，稻浪翻滚，蚂蚱在田里扑腾。人影远远地看着这样的场景。那时的色彩只是单一的金黄。我与其中一个人影重叠在了一起。我们都看到了童话的色彩。我问女儿，童话的色彩应该是什么样的，她说应该是粉红色的。我们每个人心中童话的色彩都是不一样的。冬天同样不是缺席的。冬天并不意味着在那些田里会落下一场雪，往往只剩下空。田里没有水的影子，露出了干涸的迹象，甚至出现了一些裂痕。如果是在现实中，冬天出现在那里的话，我们会有一些担忧。我们看到了四季有序的延续，看到了时间在静止中的有序变化。在那样的变化里，焦虑会消失，我们还会涌起一些对未来的希望。那时，我们会谈论美与希望。大家开始窃窃私语，都是关于美与希望的。我们不知道会不会因长时间谈论美与希望而被迷惑，或者被麻痹。我们也确实感觉到了那个空间里所呈现出来的美。那是摄影，那是瞬时的捕捉，对光与影的要求很高。一些人开始激烈争论，我们到底需要什么样的摄影。很明显，一些摄影作品中有着太过明显和失真的后期制作的痕迹，许多色彩都是经过后期处理的。似乎他们在那样争论时，总觉得现实中的自然无法拥有那样的色彩。当我把这样的想法告诉他们时，他们立刻反驳我，原来我误解了他们，他们所要强调的是色彩的自然与自然的色彩。

35

  每天早晨,一只胳臂底下夹着个画夹,另一只胳臂底下夹着个绰号叫"小马"的条凳,散散漫漫地走进博物馆,黄昏时分,而这个时候经常早早光临博物馆内部,他们又带着各自的重负回去……
  ——[美]约翰·厄普代克《静物写生》

  各种工匠的影子出现在那里。工匠的作品。那时,最重要的应该是工匠的作品。工匠重要吗?工匠同样很重要。工匠让自己隐于无名。即便那座博物馆里的藏品有工匠的名字,有名与无名本质上也都差不多。我们谈到了这个话题,也看到了一些工匠的身份和信息都很模糊的作品。
  唢呐出现,各种常见的唢呐在橱窗里被展示。没有唢呐手的存在,它们就只是唢呐。唢呐上面似乎覆盖着一层金黄的色泽。工匠隐身,唢呐手也隐身。我已经很长时间没见过任何制作唢呐的乡村艺人了,那些唢呐往往经过了几代人的传承,上面留下了很多人的指纹。唢呐手,还能见得到。我刚刚参加了一个婚礼,唢呐手出现了,只有一个。在童年记忆中,唢呐手通常会有两个。一个和两个,是不同的。我还参加了一次葬礼,没有唢呐手,也就没有人吹奏那些过山调和过水调了。唢呐手缺席,工匠缺席,那些唢呐就仅仅成了一个个唢呐,它们在我眼里已经没有任何区别。它们只是被摆放在那里的物,让人们认识唢呐的种类,还让人在唢呐上找到一种情感寄托。静默的唢呐放在那里,我有意数它们,"16",再次数,确实是"16"。数字可能会有一些隐喻意,或者人们在时光与那个世界中找到的唢呐就只有那么多。这些唢呐之间的差别不大,只不过是铜锈的多与少而已。

当唢呐手吹奏唢呐时,我们往往会被唢呐悲凉的一面吸引,我们听出了曲调中无尽的感伤。命运感的东西,唢呐可以淋漓尽致地表达出来。即便是在一场婚礼上吹奏的唢呐,声音里都有无尽的分离与悲凉,但其中有那么几个调子却是要把人从悲伤的境地里拖出来,不让人在感伤中沉陷得更深。葬礼上的唢呐声里,似乎只剩下了忧伤,一些唢呐手说并不是只有忧伤,里面同样有要让人超脱的东西。只是当面对唢呐声，面对两腮鼓胀的唢呐手时，我们似乎只从里面听到了面对死亡时的伤感、沉重与声嘶力竭。我参加了一些婚礼，也参加了一些葬礼，但无法说出这些仪式上所使用的唢呐是什么样子，只是被唢呐声吸引，并被唢呐声感染，我也开始变得莫名忧伤了。唢呐声和人的抽泣声交织在一起后，我也会情不自禁地落泪。

面对那些已经失去最大功用的被闲置的唢呐时，我的内心百感交集。我说不清楚，与我们一起出现在博物馆里的人中，是否有一些就是曾经的唢呐手。不过可以肯定的是，其中的绝大部分都只是与我一样的人。我们只听过一些唢呐调，见过一些唢呐手，实际上对与唢呐有关的很多东西都知之甚少。那些唢呐旁边有一些文字介绍，那些文字给人的印象并不深刻。如果有一个唢呐手把自己的唢呐拿出来，吹一会儿，再停顿一会儿，耐心地向大家讲解的话，印象和感觉又将完全不同。我已经失去了这样的机会。有一次，为了跟一个年轻的唢呐手了解一些东西，我和他喝得酩酊大醉。当唢呐手深情地讲述与唢呐有关的东西，甚至讲述自己作为一个唢呐手的半生时，我早已倒在火塘边呼呼大睡了。

在回想起一些唢呐手后，那些唢呐开始变得不一样了。它们不再静默，沉睡的音符纷纷从那个世界中苏醒，一些唢呐的调子开始在那个空间如飞鸟、如河流，那个空间就是它们的整个世界。世界的声音开始变得不一样,开始变得丰富起来,我慢慢分辨出了那些曲子之间的细微差别。那些唢呐本来就是不一样的。

36

爱的姿态,这座甜蜜的博物馆,这条以烟雾为像的画廊。

——[阿根廷]胡里奥·科塔萨尔《你好吗,洛佩斯》

幻想博物馆。不是名为"幻想博物馆",也不是幻想出来的博物馆——那是现实中实际存在的博物馆。当我们看到里面展示的东西时,就会觉得那是一座充满了想象意味的博物馆。一进入其中,就会发现里面的很多东西都在提醒我们那是想象之物。博物馆的主题便是"幻想",那是我在参观时所归纳总结并认为应该是的主题。太多的物,在这之前不曾被我们认真想象过,当想象力变得无比匮乏时,那些物的出现会让我们感到很诧异。竟需要那么多东西,来暗示我们想象力的重要性。

其中有好些就是时间长河中的幻想之物。时间长河中的壁画，被讲述的传说以壁画的形式在那里展示。还有一些画像。一切看起来都不是现实的，想象与现实之间的距离异常鲜明。那些幻想之物，会让人为自己可怜的想象力感到沮丧，也会让人思考为何想象力竟如此苍白无力。我没想到自己竟然进入了这样一座博物馆。是在梦境中，还是在现实中？需要符合幻想的氛围与情境，幽暗的、模糊的。里面展示的都是一些想象之物。我们看到的是与现实完全不同的轻盈。空间里的那些物，符合我们的一切幻想。我应该是进入了一座梦幻般的博物馆。我在现实中到处找寻这样的博物馆，并努力以自己的方式在脑海里建造着。我想象着，在这样的博物馆里，应该放一些什么样的物，才能真正表达那个主题。其实我不必为此困扰。博物馆里有很多东西就是幻想的产物。我跟女儿说起想象力的重要性，那是她在白纸上涂抹的时候。我竟然会无端忧虑，担心她的想象力会一点儿一点儿地从生活中被动地消失。我需要带女儿进入这座幻想博物馆。我们至少在里面看到了想象力的飞升，听到了远方的声音。壁画的主题是梦境，一些长有羽翼之人枕于石柱上安然入睡。这块残损的壁画，也应该被放入以"幻想"为主题的博物馆中。壁画本身就充满幻想意味，画中人的梦境也将无限接近幻想这一国度。

37

在这次演出的第二阶段,也许可以说这家剧院收起某几种特色,把自身变成了一座艺术博物馆——里面只有一幅画的博物馆。

——[美]斯蒂文·米尔豪瑟《记一位电影先驱》

里面都是一些动物的尸骸骨架。有些动物的身影,只剩下这些没有血肉的骨骼。我们在那个空间里,需要把那些空的部分慢慢填充起来,填充一些血肉,然后加一些毛发,再加一双可以穿透那幽暗灯光的眼睛。我们看着那些或是身形巨大的动物,或是正在进化过程中、稍显怪异的身影,时间顷刻间倒流,我们的想象力瞬间得到恢复。我们可以借助那个有羽翼的动物飞升起来,停在那些只有树可以长到上面的悬崖上。悬崖的缝隙里长了一些树,在风中摇晃着,那是生命的一种在摇晃中的存在,像冥想一样轻盈,可以在空中飞翔,也可以轻松地落在地上。我习惯了冥想。我们谈到了要让紧绷的神经偶尔放松的必要。但很多时候,要放松下来,不让思维变得僵化和狭隘,真的太难了。我们谈到了生命的冥想,谈到了建造精神城堡的重要性。我们也有些颓丧地意识到又有多少人能建造属于自己的精神城堡,我们连塑造一些精神的骨骼都很难。我们还提到了少数民族作家的标签,还提到了少数民族作家应该给文学贡献什么,而不是依然给人们一些刻板的印象。在面对那些空空的骨架时,我们的内心深处像被什么东西扯了一下。一些东西随着时间悄悄地从中流失了,或者是被吞噬了。其中一直低下去的头颅抬了起来,我们似乎听到了骨头碎裂的声音,我们似乎看到那些骨架纷纷碎裂,挫骨扬灰的场景发生了。那是自己的另外一只耳朵听到的,那是没有被放进这个空间里的尸骸可能会有的一种结局。这个空间里的骨架,似乎坚硬无比,它们的摆放方式,在时间作用下呈现出来的样子,竟没有给人一种易碎感。另外一只眼睛,看到了那都是一些易碎的骨头,看到了那些骨头上的裂纹。在某个梦境中,那些骨头纷纷碎裂,那个空间因为那些骨头的消失而失去了存在的意义。一个空空如也的世界,多少人能忍受?那样的梦境出现,与内心深处的一些担忧有关。

那只老虎标本，如果消失了，便意味着高黎贡山中最后一只老虎彻底消失。我听说了关于高黎贡山中最后一只老虎的说法，它先被毒死，放在乡间的街市上供人观赏，然后经过处理，出现在了博物馆。毒液并没有影响它的样子，只影响了那个空壳里的血肉。最真实的情形便是它成了那个博物馆中的标本，与其他的一些标本只剩下骨骼不同，那个标本还有清晰的毛发，那真的是一只老虎。因为别人跟我讲起过那只老虎，走出那座博物馆后，我就只记得那个老虎标本了，似乎那只是放了一个老虎标本的博物馆。如果真是只有一只老虎标本的博物馆，我们出现在其中时的内心感受，不知道又会是什么样子。那时候标本的意义，可能就只是说明"一"，就只是强调。那时，它又成了在乡间街市上摆放着，我们付五块钱就可以看一下的稀有动物。一只稀有的老虎只值五块钱，一只稀有的老虎标本并不需要钱。当我有了进入那座博物馆的想法并把它付诸行动后，才发现进入那个博物馆很简单。我又猛然意识到那是一次简单的遇见，博物馆就是为了让更多人看到，为了让更多人唤醒自己内心深处一些微妙的情感，比如，对失去的唏嘘，和一些东西失去时所感受到的痛苦。我们都知道那是那座山中最后的老虎。

38

> 这时我回想起了在博物馆度过的那些严冬的下午,我们四人,我们的对话,我们对于符号煞费苦心的推测,我们的解释,我们的热情。
> ——［意大利］安东尼奥·塔布齐《安魂曲》

在博物馆工作的一个人（一个人能否代表一个群体？显然不能），从旷野中暂时回到了博物馆。我们在博物馆进行了一次对话。那是我期待已久的对话，我想从她那里获取的是在博物馆工作的感受。平日里，她面对的都是文物，都是有文物价值的东西，没有文物价值的东西经过一番筛选后，往往无法进入那个空间。我看到了一个熟悉的器物，又想到了那个修复文物的老人。似乎老人无处不在。如果我跟她谈起那个老人，她一定知道他。我们没有谈起那个老人。一个本应该出现在我们对话里的人,一个本应该让我们的对话抵达另外一个维度的人。

我问她,为何会选择在博物馆工作?提出这个问题的那一瞬间,我后悔了。这确实是一个很糟糕的问题。她说自己学的是考古学专业,在博物馆工作,还算是与专业对口。她在一些时间里,会走出博物馆,把自己放入旷野。她进行挖掘工作时的样子,我很好奇。在一开始,还有没有其他选择?这个问题似乎要好一些。她说自己在当时并没有多少选择的机会,她也意识到从自己热爱考古学的那一天起,这便是她最理想的工作。

为何会喜欢上考古学?是出于对山川河流的热爱,对世界的好奇,以及幻想精神,考古学里包含着对世界的想象。有了在山野间、在古道上进行田野调查的经历后,你才能真正意识到考古学的迷人之处。我想跟她说,我每次出现在博物馆,看着那些文物时,就已经感受到考古学的魅力了。当她不断诉说着考古学的迷人之处时,我对她的专业与工作表现出了歆羡之意。如果我也拥有在旷野中考古的体验,是否会对我的文学经验有一些帮助?我想跟她谈谈考古学和文学之间的联系,但最终我们没有谈论文学,我克制着自己,不再像往常一样只顾谈论文学。如果我们真的谈论起文学,她一定会说旷野对文学应该是有一定作用的。进入博物馆的同时重新返回自己的内心,对文学同样也应该有一定意义。她会不会问我:为何会不断重复着某些主题？她没问，我也没主动说。有些主题需要终其一生才可能真正完成，就像他们的考古工作。而现在要谈论的对象是博物馆，是眼前这个看似柔弱、与考古学很难扯上联系的女子。

如果不是在博物馆遇见她，不是知道她经常进行田野调查和考古挖掘工作的话，我们很难把她与考古学联系起来。我的目光中闪过一丝怀疑，竟被她捕捉到了。她问我是不是不相信她能胜任那些艰苦的工作？在博物馆里和走出博物馆，是不同的。在博物馆里，一切都安静下来，在安静中，她把注意力都放在了那些文物上。我知道这仅仅只是她工作的一小部分。在博物馆，时刻面对着那些文物，她成了一个观察者，博物馆成了她进行思维训练和审美训练的场域。走出博物馆，迈向自然与废墟。对考古工作的细节不甚了解，我只能想象那是一个又一个迈向诗意的过程。

我出现在那些考古现场。人们不停挖掘着，土层坚硬，人们一寸一寸地往下挖掘，一无所获的沮丧感随时会出现，也会出现让人兴奋和激动的时刻。她跟我说起第一次进行考古挖掘时，内心的急迫感，她急于让自己的考古学知识和那些器物实现互证。最终她一无所获。考古工作并非如她一开始想象的那般简单和诗意。我猜测，她的工作所具有的诗意，恐怕只是旁观者的误解而已。她开始慢了下来。无论是在博物馆还是在考古现场,相似之处就是慢。我们开始进入慢的维度。有一次,她去勘察一条河流,确定它是否为古文献中的那条河流。她还没说完,我就开始想象:她找到那条河流了吗?她可能是因为感情的失败,为了走出阴影才去勘察和确定一条河流的,就像《沿河行》的作者。当我这样跟她说起时,她说并非如此,她的情感生活没有出现任何问题,她和自己的丈夫很相爱,还育有一子,家庭很幸福。她纯粹是对那条河流感兴趣。在真正确定了那条河流后,她最强烈的感受便是发现了自我,那是由一条河流带来的对自身内部的唤醒。河水缓缓流淌着,落日倒映在了河面上,被河水缓缓拖着向前。我们也出现在了那条河流边,河流的水量远远超出了我们的想象。我们望向苍山,苍山上斑驳的雪迹依然很清晰。我想跟她说,我看到了她所看到的,感受到了她不曾感受到的。与我一样,她也感受到了我没能感受到的。

她给我看一些照片。博物馆中,文物出土的时间与地点,文物的年代与价值等都要被她一一标注和说明,那是一个必须无比精确,也因而无比枯燥的过程,那是旁观者很轻易就能感受到的枯燥。她跟我说,作为旁观者的你,也很难感受到从事那项工作有所获时的激动,那是实现自我价值时才会有的激动。我对她的话深信不疑。

我还要问她什么问题,让我再想想。我竟想不到还能提出什么样的问题。在进入博物馆之前,我是想了好些问题,其中有好些问题在我刚踏入博物馆时,便已经有了答案:一些文物,就是关于美的表达,在时间作用下,越发释放出斑斓的美。虽然制作它们的工匠不在了,但那些美的熏陶会通过物本身来完成。只有她是未知的,她的存在会让一些固有的认识发生变化。她的履历很简单,大学毕业后,就一直在这座博物馆工作。

我们还说起了博物馆同样适合小孩去。孩童的好奇与想象力天然地弥补了博物馆所没有的一些东西,同时博物馆也会带给孩子一些东西,最重要的是对美的感受与随之而来的狂喜。其中一个孩子激动地表达着自己在博物馆中时内心的感受,孩子词穷了。那孩子便是女儿,她说自己在博物馆中看到了很多美的东西。我就在博物馆门口等着女儿。一群小孩从博物馆里走出来时,他们都很兴奋,那是与此前从未见到过的物相遇后的表情。女儿还说里面的一些东西,自己曾经在梦里见到过。博物馆里的一些东西,它们只能成为孩子梦境的一部分。当我真正进入第一座博物馆时,我已经不再年轻,至少已经是一个青年。童年的许多梦都已经变得单薄,在与博物馆里的许多东西相遇时,我竟然没有任何似曾相识之感。她说自己会经常再次成为女孩。我也想跟她说,自己在一些时间里,同样想再次成为男孩。我们需要再次成为男孩和女孩,至少为了能在博物馆更纯粹地感受时间与艺术。

李达伟

1986年生,现居大理。中国作家协会会员。
有逾两百万字作品见于《十月》《花城》《天涯》《大家》《清明》《青年文学》《百花洲》《美文》等报刊。
曾获第十二届全国少数民族文学创作骏马奖、第十二届湄公河文学奖、第三届三毛散文奖、云南文学奖、云南省年度作家奖、滇池文学奖等。

代表作品
《暗世界》
《大河》
《记忆宫殿》
《苍山》
……